新潮文庫

# さん さん さん

## 障害児3人 子育て奮闘記

佐々木志穂美著



新潮社版

9130

# 目次

# さん さん さん

## 障害児3人 子育て奮闘記

# プロローグ

その昔、私はあまりにも平凡な女の子だった、と思う。

担任すら顔を忘れるんじゃないかというくらい、無色透明、無味無臭。

思春期がきて、身長だけあって、思いきり鈍い運動神経やまるきり欠如した音感や、ぱっとしない容姿や内気な性格や……とにかく自分のすべてに劣等感を持ち、それらを引きずりながら大人になった。

やがては自分を少しずつ好きになり、結婚し、そして三人の子の母となった。今は人生ハッピー、ラッキー、バラ色である。そこまで言ったら言い過ぎか。

でも、ホント、幸せ、と最近思う。

その子どもたちが三人とも障害を持って生まれてきても、である。

いや、障害を持って生まれてきたから、であるかもしれない。

人は健康に五体満足に生まれても、人生を終えるまでに障害を持つ可能性はとても高い。我が子や孫が障害を持って生まれる可能性も、まるきり他人事《ひとごと》と笑えない程度に高い。

だから知ってもらいたい。障害は不幸ではない。

健康な人にも幸福な人と不幸な人がいるように、障害があってもそれは同じ。

幸福にもなるし、不幸にもなる。

私にとって三（さん）人の息子たち（ｓｏｎ）との暮らしは、太陽（ｓｕｎ）の光がふりそそぐ様にも似て、どこか楽しい。

障害が不幸のモトということは絶対ない。

私は今、実感を持って、そう思う。

## 長男・洋平　誕生

平成元年十二月九日、奇《く》しくも〝障害者の日〟に、長男・洋平は生まれた。

高校生のとき、福井《ふくい》達雨《たつう》氏が講演会で、

「あなたたちのうち、確実に何人かは障害児の母になる。クラスに一人はなる」

と言われた。学生時代の記憶が驚くほどない私なのに、なぜかこのフレーズは覚えていて、私だけかと思ったら、友人たちがみな未《いま》だにこれを覚えていた。それほど衝撃的だった。

「いやーん、私、障害児の母になんかなったら、泣く。育てられーん。ママに育ててもらうー」

講演会のあった日の帰りのバスの中、友人の一人がそう言った。そのころ、ママは何歳だよ、と誰もつっこみを入れなかったから、みんな似たようなことを思っていたのかもしれない。

「私は自分で育てるよ」

私はちょっと自信ありげに言った。無論、本心ではない。バスのすぐ前の席にかっこいいお兄さんが座っていたから、言ってみただけだ。（もっとも若いお兄さんには、「いやーん」とか言っている女の子のほうがかわいく見えるにきまっているのに、そのあたりわかっていないオクテの私でアリマシタ）

出産のときも福井氏の言葉を思い出し、クラスで一人の確率なら、どんくさい自分がその貧乏くじを引くだろうなと思った。

だから、元気に大きく生まれてきた長男を見て、なんだか力が抜けるほど安堵《あんど》した。そんな私に姑《しゅうとめ》も母も、

「うちに生まれるわけがないでしょ」

と笑った。

洋平は育てにくい赤ん坊だった。

初めての子どもだから、冬の子どもだから……。理由はいくらでも浮かんだが、

もっと得体の知れない何かが私を不安な気持ちにさせていた。

生後二ヵ月、風邪で受診。ちょうどそのとき、ずっと気になっていた足を震わせるような動きを始めた。

医師は顔色を変えた。

「お母さん、これは、わかりにくいかもしれませんが、てんかん発作です。すぐ総合病院に行ってください」

よろよろと病院を出て、また戻って訊《き》いた。

「足の病気とかじゃないんですよね」

「脳の病気です」

「脳って、知能が遅れたりするんですか」

「発作を薬で抑えながら、普通に暮らしている人はたくさんいます」

「じゃあ、洋平もそうですね」

「わかりません。だから、総合病院に行って検査をするんです」

「重い障害の場合もあるんですか」

「検査してみないとわかりません」

帰り道、川に飛び込もうかと思った。数年後、その川を見たら、ただの溝だった。ここで死のうと思ったら、かなりの努力を要する。これが川に見えるって、どういう目じゃ、どういう精神状態じゃ。笑える。

仕事を抜けてきた夫と総合病院に行った。夕暮れの橙色《だいだいいろ》の光が、病院の廊下のベンチに座る私たちを包んでいた。医師が来て結果を言うシーンを、私はまるで第三者のように窓の外からの映像で記憶している。医師が何か言い、私たちが頭を下げる。医師が立ち去る。私は支えられないと歩けなくなり、吐く。音声はない。ただ、字幕スーパーのように、記憶に医師の言葉が文字となってあらわれる。
「思った以上にダメージがありました。左脳がほとんどない状態です。どの程度の障害になるか、今の段階ではなんとも言えませんが、かなり厳しい状況です」

私は障害児の母になった。

# 次男・大誕生

洋平は二ヵ月の入院を経て自宅に戻ったが、すぐに肺炎になっては入退院を繰り返した。

普通の子どもも育てたことがないのに、障害児をどう育てていいのか全然わからず、リハビリセンターに母子入園することにした。洋平十ヵ月のときのことだ。

そして、そのとき、次男がおなかにいた。子どもは三人以上と決めていたが、ほとんど年子状態というのは計算外だった。

友人たちが同じ時期に男の子を産み、その子たちが、這《は》い、歩けるようになるのを心が粉々になりそうな想《おも》いで見つめ、やっと、障害の仲間たちにめぐりあってみれば、その中でもやはり洋平が最重度だった。

「先生、私は先を見つめて生きたいんです。はっきり言ってほしいんです。先生の予想でかまわないんです。この子は、どの程度になるんですか」

医師は数秒間の沈黙のあと、

「先のことはわかりません。予想だけで言うなら、身体的には、ほぼ今のような状態が続くかと……。でも、心は育っていきますよ」

洋平は、首すら座っていなかった……。

そんなときに妊娠しているというのは、無謀なようで、実は結構支えだったりする。次はきっと障害のない子だから、と思って楽しみにしているというわけではない。単純に幸せなのだ。命が私の中で跳《は》ねている。

平成三年四月二十九日、みどりの日（今は「昭和の日」）。女の子だったら、「みどり」という名にしていたな、間違いなく。

男の子だった。でかかった。だから「大《だい》」という名にした。

洋平という名は、夫がさんざん悩んでつけた。ベルリンの壁もなくなったことだし、平和の平。ドイツのことなんざ、いいから、松田優作の優作にしよう、と言ったら夫に叱《しか》られた。洋は、海という意味。呉《くれ》は海の街。当時住んでいた社宅からも海が見えた。海のように、広い心の人間になってほしかった、らしい。

今回は私がつけていいと言われていたので、

「でかいから、ダイでいいんじゃないの」

と言ったら、夫も反対しなかった。仲のいい夫婦は似てくるというが、夫もだいぶアバウトな性格になったようだ。

姑だけが、

「かわいそうに。名前のとおり、大きな子のままだったら、いじめられるわよ」

と言った。かといって、「小」とか「中」とか名づけるわけにもいかんし。じゃあ、なんて名がいいの、と訊くと、

「太《ふとし》がいいと思うのよ。かわいいでしょ」

ばあちゃん……解決になっとらんよ。

ダイはかわいい子で、体の発達も早く、健診でも、

「お母さん、悩みないでしょう」

と、言われるくらいだった。

ダイの発達に感動しつつ、心の半分は、なーんだと思っていた。あれだけ憧《あこが》れていた我が子の歩く瞬間というのにも、涙は出なかった。ダイの存在によって、私の中の何かがスウーッと溶けたのだ。

障害があろうがなかろうが、なんにも変わらない。

子どもというのは、存在しているそれだけでいいんだ、と、やっと気づけた。

そこにいればいい。それだけなんだ。


ダイは後追いのない子だった。多動だし、迷子になっても泣かなかった。やっと後追いを始めたと思ったら、夫に対してだった。

私は、長い日は一日八時間も洋平をだっこしていた。日に何回も吐いていたのだ。幽門が悪いわけでもないのに、ガパーッと吐く。いきなり高熱も出すので、体温の記録も細かにとっていた。ダイは揺りかごにのせて、足で揺するだけだった。

ダイにとって、私はあくまでも〝洋平の母〟であり、自分の母とは感じられなかったのかもしれない。

洋平の定期検診日には、姑と母が交代で応援にかけつけてくれたが、急な受診には片道一時間以上かかる二人を頼るわけにはいかなかった。二人の子どもを連れて病院に行き、ダイをおんぶ、洋平をだっこで、立って揺すりながら、数時間の点滴を受けた。私はいつも疲れていた。


二十八歳のとき、洋平の入院に付き添い中、同室の人が私の歳《とし》を聞いて絶句した。

「三十八くらいに見える。化粧しなさい」

「でも、洋平につくといけないし」

「それでも化粧をしなさい。ひざの出たジーパンなんかはかないで。うんと高いの買いなさい。うんとおしゃれしなさい」

「家にいるときは、赤ん坊と目の見えない洋平と過ごすんだよ。おしゃれなんて」

「それでも、しなさい。せめて化粧はしなさい」

彼女のその言葉をしっかりと受け止めることができたのは、それから数年後となる。

ダイが公園デビューするころには、洋平は重度心身障害者施設に入所していた。前よりは自分のことをかまう余裕ができていたが、今度は別の悩みが生まれていた。

ダイが、ほかの子とは違うのだ。

言葉の遅さは、男の子だから、個人差だから、と納得しようとしていたが、まるきり人と遊べないのだ。

呉市には、幼児の〝ことばの教室〟というのがある。週一回四十五分、似たタイプの子二人に同時に療育が行われる。個人差程度の子もいれば、重い障害の子もいる。

いやいや通い始め（母が）、あっという間に、はまった（母が）。

そこの先生が、さりげなく本を貸してくださった。その本に書いてあった、学習障害に関する内容のほとんどがダイにあてはまった。

次男・ダイの障害を受け止めた瞬間だった。

## 三男・航　誕生

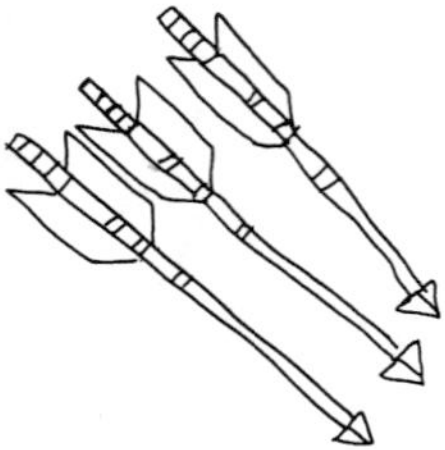

平成六年四月二十七日、三男が生まれた。

四月の気候は新生児を育てるのに適していることに前回の出産・育児で気がつき、しかも、ゴールデンウィークなら上の子の面倒を夫がみられることにも味をしめ、狙《ねら》った。

医師が、

「うーん、今度の子は優しい顔をしているぞ。骨格もお兄ちゃんと違って、ほっそりしているね」

などと超音波の映像を見て言っていたから、期待は高まる。女の子が欲しかった。美しい桜と書いて、ミオちゃんにしようか、とか言っていた。

妊娠中の定期検診中、超音波検査のときも内診のときもダイの手を握って受けていたが、ダイはときどきその手をふりほどいてどこかに駆けていこうとするので、「コリャッ」とか「ダイーッ」とか、台の上で叫んでいた。

そんな妊娠生活も、心はほんわかピンク色だった。私は女の子の母になって、毎日、叫びまくるのはやめて、レースのエプロンをして、娘とケーキを焼くんだ。一緒に洋服とかも買いに行くんだ。

夢見て過ごした妊娠のゴール。生まれた子は、三人の中では一番小柄で、三千五百グラム。安産だった。

「はい、元気な男の子ですよ」

はい？　ちょっと待て。今、オトコって言ったか。

分娩台《ぶんべんだい》の上で私はめまいすら感じていた。

出産に立ち会えなかった担当医は、翌朝うれしそうに病室に来た。

「かわいい男の子だったろ」

「期待させといてーっ」

「僕は女の子だなんて、言ってないよ。いいじゃない、男の子で。サンフレッチェだよ」

地元のJリーグチームの名前の由来でもある三本の矢。毛利元就《もうりもとなり》の三本の矢の話からきている。なんだかそれを聞いたとき、ま、男の子でもいいか、と、ちょっと素直に思えた。

入院中、姑《しゅうとめ》がダイの面倒をみてくれていたが、二日目には電話の声が死んでいた。三年前、ダイの出産入院中は洋平の面倒をみてくれたのだが、そのときは洋平が発作を起こし、ずいぶん苦労させた。今回は、洋平は施設入所しているし、ダイは健康だから大丈夫だと強がりを言ってくれていたが、徒歩五分の病院にダイを連れて見舞いに来るのも不可能な様子だった。

「いい子して歩いていたのに、途中急に病院には絶対行かないと暴れだしたから、帰ったのよ」

と、電話で伝えてくれる姑の口から、ときおり、「キャー」とか、「コレッ」とか、悲鳴がもれる。

前二回の入院では一日も早く我が家に帰りたかったが、今回は、帰るのが怖いなあ、と思いながら、病院の廊下の端っこの窓から、当時私たちが住んでいたマンションを見ていた。

ゴールデンウィークになると同時に、ダイの面倒を姑からバトンタッチした夫は、さすがにダイのプロフェッショナルとして苦もなくダイを病院に連れてくることができた。

「朝ごはんは、ゆでたまごにしたんだ。何分ゆでるかわからなくて、一時間くらいかなとか思ったけど、とりあえず三十分ゆでてみたら、ちゃんとできていたよ」

などと夫が家事の様子ひとつひとつを報告するのを聞いて、同室の人が肩を震わせて笑っていた。

ダイは母がいなくても平気らしく、おまけに突然家族が増えても平気らしかった。新しく増えた家族に嫉妬《しっと》もしなかったが、興味もない様子だった。洋平にいたっては、ある日突然、家に帰ると弟が増えていて、

「はい？」

という感じだったろうが、黒目を上に向けて、赤ん坊の泣き声を聞くときは、神妙な顔をしていた。

我が家の三人目の子どもの名前は、「航《わたる》」にした。海にこだわることにしたのだ。

私たちは、海の近くに住んでいた。その昔、戦艦大和《やまと》を造ったという造船所も近くにある。

三人の名前を合わせると、「太平洋を航（わた）る」となる。いや、次男は「大」だから、点が足りない。姑の言うとおり、「太」にしておけばよかったわけだ。まあいっか。

宝くじが当たったら、女の子を養女にもらうんだ。名前は、美波か千波。二人いてもいいな。こんな名前をつけたら、漫才コンビみたいかしら。

今のところ、宝くじは当たっていないから、養女は実現していないし、「大」を「太」にするために、「点」という名のペットを飼いたいが、ダイはハムスターに「クラウディ」だの「かさきち」だのといった名前をつけている。最近、祭りのウズラすくいで、すくったウズラがペットに加わった。「点」なんて名前は似合わない。「丸」って感じだ。

こうして、我が家の「太平洋を航る」たちとの個性的な日々が始まった。

# 保育所

航の妊娠中、洋平のいる施設の保護者仲間が、

「産前産後、ダイくんを保育所に入れたほうがいい」

と言った。家でみるから、と言うと、

「今入れないと、後悔するよ」

と言われた。彼女にしてみたら、ダイのおかしさに気づいたものの、直接的には言えず、こうアドバイスしてくれたのだろう。

結局、近所の私立保育所に入れたものの、手がかかりすぎると言われて、毎日昼で帰された。その保育所は高い石段の上にあって、ほかの子は、先生が石段の下で母親から子を預かるが、うちの子は親が上まで連れて上がってくれと言われた。

航出産の日もそうだった。はちきれそうなおなかで、多動のダイの手を引きなが

ら、急勾配《こうばい》の石段を上がる。出産後の退院した翌日でもそれは変わらなかった。下腹部の激痛より、嫌われている我が子への不憫《ふびん》さで涙が出た。

そのころ、航のオムツを換えたりしていて、迎えが五分でも遅れると、帰りじたくをしたダイは、廊下でたった一人、座らせられていた。動くと、室内から叱《しか》る言葉が飛んでくる。つらいのか、私を見つけると、飛びついてきた。走るように石段を降りる。たまたま自転車で迎えに行っていないと、それだけでパニックを起こし、道に寝転んで泣いた。自転車がない、たったそれだけで、である。

その心理を理解してやることができたのは、ずっとあとのことである。

「ダイくんは、耳が聴こえてないと思う」

そんなはずはない、と言う私に、何度も当時の所長先生は言った。

聴力に問題がなくても、名前を呼ばれて人の目を見るという、たったそれだけのことができない子どものいることが、彼女には理解できなかったのだろう。夏になっても、問題児だから、と昼で帰されていた。

ことばの教室の先生は、おっとりとした温かな先生で、

「この教室に通って、しゃべれるようになるとかそういうのじゃないの。ここに通う一番のいいことは、仲間ができることなのよ」

と言われた。その、ことばの教室の親の会で保育所についてぐちったら、

「保育所、移ればいいじゃん」

と、ほかのお母さんたちに言われた。〝終身雇用制のニッポン〟って感じの性格の私は、保育所を替えるなんて、いけないことのような気がしていた。

「私立は、経営がからんでいるから厳しいところ多いよ。公立なら、障害児が入れば、加配として半日パートの保育士がつくし」

なんと。そうだったのか。

追い詰められた私は、自転車で十五分の公立保育所への転所を考えた。あふれる想《おも》いをどう説明したらいいかわからず、電話ではだめだと思い、手紙を書いた。そして、近々面談に伺いたいと書いたら、所長先生から電話があった。温かい声を聞いた瞬間、まだ下見にも行っていないこの保育所へ移ることを決意してしまっていた。

面談に行き、黒長靴を履いてトイレ掃除している人に、所長先生はどちらですか

と尋ねたら、本人だった。

面談中、ダイがおもらしをした。

「オムツは普通にとれているんです。なのに……。ごめんなさい」

私は小さくなっているのに、みんな、鼻歌まじりにダイのおしっこをふいてくださり、着替えを貸してくださる。それだけで、私の張っていた心がクシャッとなった。自分がぎりぎりの精神状態だったことに気がついた。

こうして、ダイは転所した。


ダイが入場行進が苦手だからと、行進をなくした運動会を考えてくれる保育所だった。年中のとき、初めて逃げ出さず、運動会のかけっこでちゃんとゴールまで走った。思ってもみなかったので、気が動転して、なぜかフィルムケースを開け、写真をだいぶダメにしたが、赤く染まった写真の中で、たくさんの人が、ダイのゴールを驚き、喜び、拍手してくれていた。

未《いま》だにそのとき知り合った先生たちとはおつきあいがある。所長先生にいたっては、このたび障害児施設の園長になられ、驚いた。あの、転所前に私が送った手紙は今も持っているという。

航は、ダイとは違って、後追いはあるし（それも、私に後追いするし。ああ、母の実感）、人見知りもあるし、カメラ目線でにっこりできるし、今度こそ普通の子だろうと思った。

それが、またしてもしゃべらない（おかげで、ことばの教室に足かけ七年通うこととなった）。でもまあ、手のかからない子ですから、と、保育所に入れた。とんだ詐欺《さぎ》である。

入所したころから、航の自閉カラーがはっきりし始めた。人の目が見られなくなった。少しは出ていた言葉が消えた。

それから二階の窓に、ここは動物園の檻《おり》ですかい、という感じの柵《さく》をつけざるをえなかったり（航が二階の窓から出ていこうとするから）、窓にすがってガラスを割っちゃう、なんて事件もあったので、強化ガラスに替える、ということもあった。

それでも航は少しずつ成長してくれ、みんなの中で、みんなと同じ体験をしていってくれた。

年長の運動会では、練習で鼓笛隊の太鼓をちゃんとやった、と、給食や掃除の先生たちまで半泣きで教えてくれた。本番を楽しみにしていたら、雨で会場が室内に変更になった。航は、パニクってなんにもしなくなった。そういえば、ダイも年長の運動会、飾ってあった風船が割れてパニクり、なんにもしなくなったんだっけ。まったくこいつらはっ！　と思う。

学校の運動会には、歴代のダイ、航の担任にプログラムをファックスするものだから、かわいそうに休日にみなさん来てくださっていた。さすがに、もう中学生になったダイのところまで呼びつけない程度の常識を持っている母であるが。

航の年長の担任は今もふらりと我が家に寄ってくれる。航は、喜びはしないが、「またこいつ、いるな」と横目で見ている。

実家の母に電話して、

「私の幼稚園時代の担任の名前、覚えているか」

と訊《き》いてみた。

「覚えとらんわいね」

そっか。私の人生、少しお得かも。

保育所の、足かけ七年の思い出を振り返りながらそう思った。

# 洋平と学校

　洋平に地元の小学校で行われる就学前健診の案内が来たとき、私はぽたぽた泣きながら、

「施設に併設されている養護学校（今は「特別支援学校」）に行くから、そちらに行けましぇん」

　と学校に電話して言った。

　就学前健診当日は、本当ならクラスメートであったろう子どもたちを陰から見て、泣いた。本当なら、あの集団の中に洋平と私はいた。

　――「本当」ってなんだろう。

　この現実こそ本当なのに、私はまだ、「本当なら」と空想の中の自分たちを追っていた。

しばらくして、教育委員会の先生がうちに訪ねてこられた。私は、あの鼻声の「行けましぇん」の電話で手続きを終了したつもりだったが、そんなわけはなかったのであった。

手続きを教えてもらい、無事養護学校に入学できたけれど、いったい洋平が学校で何をするんだろう。

赤ちゃんのころ、目も耳も機能していないと診断されたが、今では聞こえているようだし、かすかだが、見えているようだ。でも、足はぴくりとも動かない。手は、左だけがかすかに動く。発語は無論ない。

いったいどうやって、何を学ぶんだろう。

それでも、入学はうれしかった。

洋平の障害がわかった初めての入院のとき、夫に付き添いを代わってもらい、買い物に出たら、店の中で『一年生になったら』という音楽が流れていた。小学生になる日が来ても、友だち百人なんて洋平には無理じゃん……。歌詞につっこみを入れながら、泣いた。

入院の付き添い中、ミキサー食を食べて嘔吐《おうと》した洋平を同室の子が見て、「ゲロ食べて、ゲロ吐きよる」と言った、と言っては夫に電話して泣いた。

まったく、昔の私はよく泣く。

泣くといっても、そこはドライアイの私。涙がチビーッとしか出ない。そこのおばはん、あくびしたんかい、ってくらいの涙の量である。きれいな真珠の涙が流せたら、「そこのお嬢さん、どうされました」と、そのへんのイケメンが声をかけてくれないもんかと、四十二の今も馬鹿《ばか》みたいなことを思ったりなんかする。

それはともかく、入学したら、なんだか洋平が変わった。少しはわかっているふうなのだ。

母子入園のときから、口すっぱく注意されていた。年齢相応の語りかけをしてあげなさい、と。でも、私にとって、洋平はいつまでも赤ちゃんで、優しい赤ちゃん言葉で話しかけていた。それでいて、足型を色紙に押すときなど、ずいぶん乱暴にやるものだから、「口だけ優しい佐々木さん」で有名だった。

母子入園の仲間たちも厳しい障害を抱えていたが、どの子もシャボン玉に目を輝かせ、工作で作ってもらったものに手を伸ばし、歌声に体を揺らし、お母さんのあやし声に笑顔を見せた。

洋平が、笑顔というご褒美《ほうび》を私にくれたなら、私はもっと歌っただろう。数えきれないほどのシャボン玉を吹いただろう。

私は、母子入園中、子どもと遊ぶ時間が一番嫌いだった。何をしても無反応だというのになんの意味があるのだろう。

自宅に戻っても、私自身日本語を忘れてしまいそうなほど、ただ黙々と洋平の世話をしてきた。

洋平が入所してしばらくして、スタッフたちが、

「洋平くんは、お母さんが来ると、私たちといるときとは表情が変わる」

と言ってくださっても、

「またまたあ。私に母としての自覚と喜びを与えようと、うまいこと言ってる」

と思っていた。洋平の耳が実は聞こえているらしいことに気づいていても、言葉の理解力を持つことなど、ないような気がしていた。

それが、洋平は「ケーキ」という言葉を聞くとにやっと笑い、唾液《だえき》をのみ込むよ

うになった。誰の声か聞き分け、お気に入りの人の声だと表情が明るくなった。洋平に話しかけているわけではない会話に、自分の話題があがると、目と体の動きが止まり、集中して聞こうとしているのが感じられた。

洋平は、聞いているんだ。理解しようとしているんだ。

そう気づいたとき、最初に感じたのは後悔だった。

洋平が、まだ真っ白な心だったときに、私の声でその心を包んでやればよかった。一生懸命、何かをつかもうと小さな芽を心の中に膨らませていたときに、どうして歌ってやらなかったのだろうか。きっと、洋平はずっと待っていただろうに。

私はとってもいたらぬ母で、洋平の成長は、園のスタッフの皆さんや学校のおかげだと思う。

洋平の人格を大切に、一人前として扱ってもらって、洋平は何もわからない赤ちゃんから、世界でたった一人の「佐々木洋平」になっていった。

## 参観日

子どものころ、参観日はとても緊張した。母は真面目《まじめ》な人で、私のことをじっと見つめる。よそのお母さんと雑談なんて授業中はしない。私は、母が期待してくれていると思い、がんばろうとするのだが、うまくいかない。

私は、そのとき思った。私は母になったら、参観日はへらへらへらへらよそのお母さんと雑談するぞ、と。そうすれば、我が子をハラハラドキドキしながら見なくていい。

そして、そのとおりの母になった。するとある日、ダイの担任から電話がかかってきた。

「お母さん、参観日には遅刻せず、むしろ少し早めに来て、休憩時間のダイちゃんも見てください。それから！　廊下ではなく、ちゃんと後ろに立って、黙ってダイ

ちゃんを見ていてください」

ごもっとも。しかし聞いてください、私には昔からの夢とポリシーがありまして、それはできない相談なんです……とは、無論言えなかった。


ダイが入学した小学校は呉市の中心部にありながら、一学年一クラス、全校児童二百人に満たない小さな学校で、ずいぶんアットホームだった。

世の中の軽度障害の子どもたちは、まわりの無理解に苦しむことが多いが、我が家の子どもたちは、超ハイパー人間運が良い。私立の保育所ではつらい思いをしたが、あとは、いい先生方にめぐりあっている。

その中で、小学校一、二年の担任だった先生は、悪い先生ではもちろんないのだが、あまりにもまっすぐで、ときどきやねこい（「楽ではない」「きつい」の広島弁）思いをした。たぶん先生のほうもそう思っていただろう。

ある日、一本道で向こうから担任が来るのが見えたら、とっさに逃げたくなって、無理やり小さな脇道《わきみち》を曲がった。その脇道は、数メートルで行き止まり。段差を越えれば違う道に出られる。自転車を抱えて段差を越える覚悟で曲がった。担任につかまると、どんな苦情を言われるか、怖くてつい逃げていた。

担任も負けてはいない。月に一度は校長担任面談を計画された。障害児学級を勧める担任と、本人が障害児学級へ移りたいと言うまではこのままがいい、という私と、言いくるめ合戦をしていた。かろうじて、私が勝利していた。

「私は学習障害なんて障害は知らない、私は私のやり方でやる」

と言っていたのに、学習障害児の講習会に行くと担任がいるのを見つけた。感激して、終わったあと、

「わー、先生、来てくださったんですねー」

と近づくと、

「私の帰り道はこちらですから。じゃ」

と言われた。ここは喫茶店にでも一緒に行く場面だろ、と思ったが、無論、このときもそんなことは言わずにおいた。

いつもダイの手首あたりをつかんで、背筋をピーンと伸ばして、跳ぶように歩く人だった。とうとう丸裸の人間としての言葉を交わすこともなく、声をそろえて笑うこともなく二年間を過ごしたが、やはり私は感謝している。ピストル型のスター

ターの音が苦手なダイのために、運動会でピストルの使用をやめ、笛にしたのもこの担任だった。

先日、ある学校のそばを自転車で通りかかると、一年生の教室が道からも見えた。参観日のようだった。かなり個性的な色合いの服を着た先生が、優雅に指揮をして、子どもたちに歌わせていた。

あの先生だった。

道端から先生の参観をさせてもらった。懐《なつ》かしい、そう感じられた。

## トモダチ

子どもたちが幼児だったころ、先輩お母さんが、

「障害仲間も大切だけど、健常児の親の友だちもつくるべきだと思う」

と、言った。

なるほど。見渡すと、結構みんな、まわりに親以外のサポーターがいる。私にはいない。

あせった。公園で遊んでいたころ、仲良し五人グループはいた。あとのみんなは、同じ幼稚園に行った。距離ができた。いや、最初から距離があったのかもしれない。雨の日は交代で誰かの家に集合し、一日を過ごしていたのだが、みんなと一緒に遊ばないダイを連れてのそのイベントはつらかった。

学生時代の友人はみんな遠い。保育所の母たちは、たいていフルタイムの仕事を持っている。

そんなとき、保育所でよく顔を合わせる人が、遊びに来ないかと言ってくれた。わくわくと訪ねると、ケーキまで用意してあった。そのあと、仏壇を拝まされ、宗教宣伝ビデオを見せられた。はい、ありがとう、さようなら。

友人は、障害仲間だけでいいや、と思った。


ダイの小学校入学段階で、同じ保育所から来た人は一人。しかも参観日にも来られない忙しい人。

しばらくして、同じクラスに昔、洋平の入院中、同室だった人がいることに気がついた。なんと、そのお母さんは養護学校の先生をしているという。ああ、なんだか運命的。

別のお母さんとも仲よくなり、よく一緒に隠れて遠足のあとを追ったりした。いつの間にか、ランチ友だちもできた。彼女たちとは、母という次元外で気が合っている。

やがて、一時間立ち話しても飽きない人はいっぱい見つけられた。同学年ではない親たちの中にも、友人と呼べる人が何人かできた。

あの、公園デビューのころのどきどきは、なんだったんだろうと思う。

あの、友人を求めた日々は、なんだったんだろうと思う。

友人はつくるものではなく、できるものだったんだ。そして、助けてもらうために存在するのではなく、友だちは、ただ、友だちなんだ。

そんなあたりまえのことに、やっと気づいた私だった。

# 違うということ

航《わたる》のような知的に重度な自閉症児も、保育所時代は、みんなと同じ体験をして過ごした。障害児通所施設で、自閉症児に合わせた〝構造化〟と呼ばれる空間で過ごし、〝ティーチ〟という視覚的支援を受ければ、もっとこの子も伸びたであろうし、生活しやすかったであろう。でも、私は普通の子の中で育ててみたかった。

そんな航も、小学校入学に際しては、迷わず障害児学級を選択した。

入学説明会の日だった。親たちが説明を受けている間、子どもたちは学校探検をして過ごす。親たちの説明会のほうが長引き、待っている子を迎えに行くと、航は別室だった。軽い違和感を覚えた。一緒がいいのに、と思った。私は、航がみんなと一緒の騒がしい空間が苦手だということを、そこまで深刻に考えてはいなかったのだ。

入学後は、航に、今まで入ってなかったスイッチを誰かがポンッと入れたかのようだった。これまでとは比べものにならないほど、とびきり手のかかる子になった。児童会（学童保育のこと）の先生たちは、三十分交代でみても、ぼろぼろに疲れていたし、担任も日に日に目の下のクマがひどくなっていくようだった。

保育所とは、刺激の量が違いすぎた。環境の変化と航の成長が、問題行動を呼んだのだろう。

一緒に入学した女の子とともに、情緒障害学級を新設してもらい、その後、女の子は障害の特質の変化により、知的障害学級に移り、航の学級はマンツーマンとなった。担任は、障害児学級未経験の三十代後半の先生で、体力がある人だったが、金曜日ともなると、クマは一層濃く目立った。

池で泳ぐ。他人のものを壊す。そしてある日、

「お母さん、ごめんなさい、画びょうの数が足りないんです。ずっと見ていたし、口に入れたとは思わないのですが、もしかしてということもあるので、病院に行っていいでしょうか」

と担任から電話がかかってきた。

小児外科でレントゲンを撮った。医師が、

「うん。画びょうはなかったよ。まあ、飲んでいても、よほどのことがない限り、出てくるのを待つんだけどね。画びょうはなかったんだけど、面白いものがあったよ」

そう言って、レントゲン写真をライトに当てた。

「小石が二百ばかりあるね。砂状のものにいたっては、千くらいかなあ」

「きれい……。天《あま》の川《がわ》みたい」

なんちゅう親や。

「詰まれば手術になりますよ。たぶん自然に全部出てくれると思うのですが、次々食べたんじゃあ、どうしようもないですからね」

航は悪いことと知って石を食べている。さりげなく、指の間や靴の中に小石をしのばせ、隙《すき》ができたときに食べるのだ。この異食のせいで、さらに目の離せない子となった。

私は、航はみんなと一緒に過ごせると思っていた。文字や数字をながめるのが好きな子だったから、一年生の最初のうちは交流学級で国語と算数を受けさせてもらおうか、などと思ったときもあったくらいだ。まさか、みんなと一緒の部屋に数分間座っていることすらつらいとは思ってもいなかった。

給食でさえ、みんなと一緒に食べるのはつらそうだった。

静かな空間と、マンツーマンで見守る目。

それを航が求めているのなら、「みんなと一緒」にこだわらなくてもいいと思えるようになった。そのときそのときのこの子の状態に合ったかたちでいいと思えるように、私が変わっていた。

航の入学で、ダイのこともなんだか楽な気持ちになれた。普通学級でがんばっていく気持ちに変化はなかったが、みんなと同じでなくっていいと、思えるようになった。

ダイのクラスの保護者には、入学してすぐ、障害についてカミングアウトしてある。この子たちには、障害がある。ほかの子とは違う支援がいる。だから、支援を受ける、それでいいんだ。素直にそう思えた。

# 自閉症

航は幼児期、発語はほとんどないのに、ひらがな積み木をきれいに五十音にならべていたことがあった。入学してその話をしたら、担任がパソコンを教えてみてくれた。すると、航は積み木で覚えたいろいろな単語を打ち始めた。文字を書くことを習うと、きれいな文字も書き始めた。

三年生になって、女の先生に代わった。育休明けのその先生は、ダイの三年生のときの担任で、ふんわりと優しい先生だ。ちなみにそのとき、知的障害学級の先生は、ダイ四年生の担任。どちらも、中学年のときのダイの成長にとても力になってくださった先生だった。

航は担任が代わると、これまでできていたことができなくなった。そのことが、前担任も、新しい担任をも苦しめることになった。

四年生になって、航が荒れ始めた。

低学年のときも登校時に泣くことはあった。通学路にある病院の窓が開き、三階あたりの病室から、

「ボク、がんばれよ」

と、励まされることもあった。入院患者の皆様、そっちこそ、がんばれよ。と、つぶやきながらも、うれしかった。

四年生になってからの「泣き」はそんなもんじゃなくなった。体が大きくなったせいもあるが、まさに耳もふさぎたくなるような絶叫。そして、鞄《かばん》をみんな道に放り出し、ワーッと叫びながら、そのへんの電柱やよその車のボンネットに頭突きしながら、走る。できれば、誰も乗ってない車にやってくれよな、とか思いながら走って追いかける。これがまた、航が速いんだか私が遅いんだか、なかなか追いつけない。額から、血が流れることもある。校庭に入るとますますスピードアップして、下足室に向かう。出迎えている担任の、髪をつかむか、二の腕に爪《つめ》を立てようとしている。手首をつかまれると、蹴《け》りを入れようとするが、それがうまくいかないと、いきなり胸元にかみつく。登校だけで、一日のエネルギーの大半を使った。

家でも、今にこにこしていたかと思うといきなり飛びかかってくる。常に緊張していないと、とんでもない目にあう。

それでも、私が痛い目にあうのはまだいい。ある日、担任に手を振ると、担任も振り返してくれた。その二の腕に、私の二の腕にあるのと同じたくさんの痣《あざ》を見つけたとき、申し訳なさで涙が出そうだった。

「自閉症」というと、その文字の印象から、ひきこもりなどと混同されることもあるが、まるきり違う。

自閉症は生まれつきの脳の機能障害で、コミュニケーションがうまくとれなかったり、感覚が普通の人とは違っていたり、興味や嗜好《しこう》がひどくかたよっていたりする。こだわり行動もある。また、聴覚的刺激を受け止めることより、視覚的刺激を受け止めるほうが得意な場合が多い。

同じ自閉症でも、その一人ひとりがずいぶんと違う。知能もいろいろで、「高機能自閉症」「アスペルガー症候群」といった知能の遅れを伴わない自閉症もある。

航の場合、知的遅れもある自閉症だ。自閉症についての一通りの知識はあったものの、実践的知識はなく、実際どう育てていったらいいのか、わからなくなってしまっている私だった。

航は、総合病院の言語指導に月一回通う以外は、特に療育を受けていなかった。幼児のことばの教室は、本当に負担なく通えたが、小学生になるとたんに近くに療育の場がなくなった。遠くまで行く踏ん切りがなかなかつかなかった私だが、すでに迷っている段階を超えていた。

ダイは、五年生のときから、広島大学教育学部でソーシャルスキルトレーニングを受けている。同じような仲間と、実際に生きていく力を身につける訓練を教授や学生たちがしてくださるのだ。と言うと、家事とか仕事の訓練のように思われるだろうが、もっと基礎的な、自己決定や仲間との連携を学ぶ場である。

広島大学までは、うちから車で一時間近くかかるのだが、日曜日なので、夫が運転してくれる。洋平の施設もその近くにあるので、そんなに負担には感じなかった。

六年生のときのソーシャルの先生（軽度障害の研究をしている大学院生）に航のことを相談していたら、

「後輩を家庭教師として行かせるわ」

と言う。

「遠い呉まで無理と思う」

と言うと、

「あー、大丈夫、大丈夫」

「それに、家庭教師に来ていただくほどお金持ちじゃないし」

「あー、大丈夫、大丈夫」

こうして、先輩の強引な推薦によって、自閉症の研究をしている大学院生の女の子が、航の家庭教師を引き受けてくださった。月一回だけど、自閉症を専門とされている大学の先生との橋渡しとなって、サポートしてくださることになったのだ。

航がコミュニケーション能力を身につけていけば、落ち着いてくる、と励まされた。カードやスケジュールボードで航を支援していくことにし、担任とともにいろいろな自閉講座に通った。

精神科にも通うことにした。

初診の日、診察室で頭突きしてまわる航を見て、精神科の医師と、相談に乗ってくださる先生（特に自閉症について詳しいと聞いている）が、おかしそうに笑われた。

「来年の自閉キャンプ、参加決定って感じだなぁ」

二人がおかしそうに航を見ているのを見て、私はスーッと肩が軽くなった。その目が、航の行動に驚いてなかったからだ。「想定内の行動」といった目で見ていた。

航だけが、世界で一番大変な子ではない。きっと、たくさんの「航」を先生たちは見てこられたんだ。そして、おかしそうに笑われるってことは、大変さには終わりがあるんだ。

そっか。親は、試行錯誤で育児するだけでなく、いろんな専門家の知恵を借りればいいんだ。

困ったとき、つらいとき、「親だから」と、がんばりすぎなくていいんだ。

「助けて」そう言えばいいんだ。

私は、すこぉし、かしこくなった。

# 運動会

航の学校での籍は、「たんぽぽ2学級」にある。それでも、普通の子どもたちと一緒でないと学びにくい科目は、交流学級で学習する。うちの学校の場合、一学年一学級だから、いつも同じメンバーの中に交流に行くことになる。

低学年のときは、航自身がつらくて、あまり交流に行けなかった。同じ学級の子が、

「今日さあ、ボク、たんぽぽさんの男の子と遊んであげたんだぜ」

と友だちにしゃべっているのを聞いたときは、大きな距離感を感じた。「たんぽぽを学校の中心に」といった考え方の学校であったが、幼い級友にとって、航はまだ仲間ではなかった。

それでも学年が進むにつれ、少しずつ、交流の仲間たちも航のことを理解し始め

た。

四年生の運動会前のことだった。休憩時間、航のところへ、

「バトンパスの練習しようぜ」

とコオくんが誘いに来た。

コオくんは、足がとびきり速い。コオくんは、一周半走って、半周だけ走る航にバトンを渡し、航と半周一緒に走る。そして、アンカーも走る。どんなに自分ががんばって、ほかのチームメートを叱咤《しった》激励しても、航の半周が勝負に大きく影響するのはたしかだ。

航は、少しばかりうれしそうに練習に参加した。そして本番。バトンが渡されると、航はいきなり担任に向かっていった。頭突きをしている。伴走予定のコオくんは呆然《ぼうぜん》としている。担任は、必死に航の手を引き、半周走らせた。

どの競技もその調子に終わった。フォロー役の子どもたちは、「どうして」といった表情をして航を見ていた。

コオくんのお母さんは、仕事で運動会に来られなかった。お礼状を書いたら、喜んでくださった。

私は文章でなら、私の想《おも》いを伝えられる気がした。交流の子どもたちに手紙を書いて、担任に読んでもらった。

四年生のみなさんへ

いつも航に優しくしてくれてありがとう。先月の誕生日には、かわいいカードや歌のプレゼントをありがとう。航は、うれしいって表現するのが下手だけど、ホントはとってもうれしかったんだと思います。

放課後、道で出会ったときも、みんなでとりかこんで、おめでとうって言ってくれたね。うれしかったです。

運動会でも本当にありがとう。休憩時間に練習に誘ってくれたね。全体練習でも、とっても上手に航を誘導してくれていたね。

おばちゃんは、見ていて、とっても感心しました。みんな、航に今何をどうしたらいいのか、教えてくれるのがとても上手なんだもの。それは、みんなが優しいからだね。

おばちゃんは、みんなの優しさの結果をたくさんの人に見てもらいたかった。本番で航ががんばったら、見に来られたたくさんの人は、「お、航くん、がんばっているな。四年生さんが助けてくれているからだな。四年生さんはすばらしいな」と、思ったことでしょう。

だけど、残念ながら、航は走ろうとしなかったし、寝転んで泣いたりしましたね。どうしてだかわかりません。人がいっぱいいて、怖いって思ったのかもしれないし、昔あったいやなことを思い出したのかもしれません。

ごめんね。みんなの優しさをたくさんの人に見てもらえなくて。

でも、おばちゃんは思います。大切なのは、結果ではなく、過程なんだ、って。本番よりも、練習の日々に大切なものがある、って思うんです。

たくさんの人は知らなくても、おばちゃんは知っています。航も知っています。先生たちも知っています。みんな自身も知っています。みんなは、すばらしいです。ありがとうね。

それから、一つお願いがあります。

航は時々頭突きをしてきます。みんなにはしないと思うのだけど、すごくパニックを起こしているときは、するかもしれません。航は怒ると、自分の指を噛《か》んで、うーっと言います。それをしたら、要注意です。離れてください。

もし、航が痛いことをみんなにしたら、おばちゃんはつらい。痛い目にあったみんなもつらい。そして、やった航もすごくつらいと思います。だって、みんなのこと、大好きなのだから。

これからも、航をよろしくね。ありがとう、四年生のみなさん。

## ありがとう

小学生のころの私は、世話好きというか、おせっかいだった。当時一学年三クラスだったが、思い起こすと、ダイのような子が何人かいたように思う。その子たちがその後どうなったか、中学から女子校に行った私には、よくわからない。

その子たちの何人かが、あまりに勉強がわからないのが気になって気になって、問題集を自ら作って、

「家でやってきなさい」

と、手渡したりしていた。思いきり迷惑な話である。

しかも、おせっかいでありながらも内気な私は、にぎやかなタイプの子は避け、おとなしい子ばかり選んでいた。

問題集を渡したのは男の子だが、女の子には、具体的に世話を焼いた。私は偏食

が激しく、パン、加熱した野菜、肉などが嫌いで、給食を食べるのがとびきり遅かった。その子も遅く、ビリ争いをしていたから、親近感もあったのかもしれない。

そんなある日、担任が我が家に来て、母に私のことをほめちぎった。

「お宅のお子さんが、○○ちゃんの面倒をよくみてくれるので、助かります。向こうの親御さんにもお伝えしたところ、すごく喜ばれたので、お伝えしにきました」

とのことだった。

先生が帰ると、母は私をほめながらも、

「給食遅い仲間だものね」

と、つぶやいた。さすが、我が親。

翌日、学校に行き、彼女と目が合うと、なんだか逃げ出したくなった。私はなんにもいいことなんてしていないのに、ほめられたことが、重かった。

その子が私の机に触れた瞬間、汚いって感じた。あわててハンカチで机をふいた。

その子は、悲しそうな顔をして、

「うちって、汚い？」

って、訊《き》いてきた。

「ううん。今日は、誰がさわっても、机、みがくの」

そう答えると、みんなが机をさわりだして、私はずっと、ハンカチでふき続けた。

そんな記憶が、我が子がお世話になったとき、お礼を言おうとするとよみがえってくる。

ダイの小学校の参観日。ダイは、ぼろぼろぼろぼろ物を落とす。鉛筆だの、ものさしだの、プリントだの。そのうえ、気がつかないから拾わない。まわりの子が、あたりまえのように拾っては渡す。ダイは、お礼も言わない。私は、拾ってくれた子と目が合う場所に移動して、口パクで「ありがとう」と言った。子どもたちは最初、なんでお礼を言われるかもわからないようで、きょとんとしていたが、意味がわかると笑顔を返してくれた。

どうしてお礼を言われるかわからないくらい、ダイの世話が日常化していることにも感謝だが、その笑顔に私は打たれた。

そのことを、航が三年生のときの担任に言うと、

「お母さん。ありがとうって、いつ言われても、怒る人はいないと思う。いくらで

も言っていいんですよ」

　と、教えてくれた。

　そうか、そうなのか。

　今さらのように、子ども時代の自分の小心さ、プレッシャーへのもろさを感じる。

　私はその後、あの女の子に優しくできたのだろうか。ハンカチで机をふいた、その後の記憶が今はなく、祈ってみたりする。

　どうか、過去の私が人を傷つけていませんように。

　どうか、これからの私の「ありがとう」が人を追い詰めませんように。

## 連合音楽会

呉市で一番大きなホールで毎年連合音楽会（連音）が行われる。小学生は、一校一クラス出られる（平成十七年の合併で、呉市が広くなり、現在では変わっている）。

うちの学校からは、四年生が出る。五月の運動会では大変だったが、秋の連音が近づくころには、航はだいぶ落ち着いていた。

手話を交えての『スマイルアゲイン』と、踊りながらの『太陽のサンバ』。音楽が途中で切られるといやがる航は、通し練習だけ参加で、あとは無理強いはされなかった。

ある日の練習のとき、航が手話をした。航の右隣に立つフルくんは、細くて優しそうな目をまん丸にした。

「航くんが、手話した」

その目は、そう語りながら、航の担任を見た。

「また、した」

そのたび、その目は航の担任に報告してくる。フルくんの視線は、航と航の担任を行ったり来たりするばかりで、指揮を見ない。

「みんな、指揮を見てよー」

交流担任はそうみんなには注意しながら、フルくんのことは注意することはなかった。

サンバでは、途中からは舞台前面に出て、踊ることになった。航と一緒に踊ると手を挙げた子の中から、ミカちゃんとフルくんに決まった。

全校児童の前での練習では、いきいきと参加していた航だが、本番の大舞台はつらそうだった。左隣のマアちゃんのフォローもいつもほどは効果がなかった。視線はずっと舞台そでの担任に向けられ、終わりの決めのポーズのとき、一番に動いたのは航だった。担任に抱きついていた。航なりによくがんばった、と思った。

「さわってー、さわってー」

今も、ときどき大好きな『スマイルアゲイン』を航は歌う。初めて聞いたときは、痴漢願望の歌かと思った。「スマイルアゲイン　スマイルアゲイン」が、発音が悪くてそう聞こえるだけだった。「どんなあなたもみんなすきだから」の歌詞は、はっきり歌えている。

そうだよ、航。

どんな航でも、お母さんはあなたが好き。

だけど、航自身も、自分に対してそう思わなきゃ。

どんな自分も好きにならなきゃ。

そう思いながら、苦笑した。うちの三兄弟は、きっともう、それができている。大人になるまでそれができなかった私より、ずっとすごい。

私、負けてる……。なんだか笑えた。

# 植物の優しさ

洋平が施設に入所したとき、面談で、

「洋平くんの性格は？」

と、訊かれた。

へ？　と思った。最重度の障害を持つ洋平の性格を訊かれても……と思った。落ち着きがない、とか、やんちゃな、とか、洋平の体では表現できないのだ。どう答えたらいいのかわからないでいる私に、看護師長が、

「まだ会ったばかりですが、印象は、優しいって感じですね」

と、フォローしてくださった。

洋平が自宅にいたころ、入院のたび、両方の実家が交代でダイを預かってくれて

いた。しかし、さまざまな事情からそれが無理になり、洋平の健康面も考え、施設入所に踏みきったのだ。

洋平を預けた帰り道、久しぶりに外食をした。ずいぶん楽だった。私は、我が子を捨てたんだ、と感じた。

一週間後、洋平は一泊帰宅してきた。日曜日、また園に送っていき、帰宅して、まだ片づけていない吸引器やオムツが目に入ったとたん、胸の深いところと目の奥が痛く苦しくなった。親子なのに一緒に暮らさないなんて、とんでもない罪のような気がした。

夫が、

「うちの長男は、とっても優秀なんだよ。早くから、親元離れて寮生活を送っているんだよな。頼もしいやつだよ」

と、言った。

慰めてくれようとする気持ちがうれしくて、そうだね、と答えたが、親から離れるのにはまだまだ幼いよな、と胸の中でつぶやいていた。

洋平はいつも微笑《ほほえ》んでいる。赤ん坊のときはよく泣く子だったけれど、いつのころからか泣かなくなった。

面会日に会いに行くと、弟たちはすぐ飽きて、帰ろうとうるさい。同じ兄弟でありながら、自分だけは園にいることを、洋平はどう思っているのだろう。昔のように、この子は何もわからない子だから、とは思えない。

洋平は、すべてを許してくれているんだ、と思った。

洋平は四年生のとき、胃液の逆流が始まり、胃液が食道を焼き、血を吐くようになった。胃の入り口の形を変える手術をし、ついでに胃瘻《いろう》の手術もした。

これはリハビリセンター（入所施設と同敷地内にある）では無理な手術で、地元の総合病院で行われた。二ヵ月入院した。個室にしてもらい、私は朝と夕方は付き添いを抜け、自宅に帰った。昼間は、ダイや航は学校や保育所があるし、夜は夫がみればいいが、朝夕はどうしようもなく、付き添いを抜けて私がみるしかなかった。

なかなかきつい日々だったが、それだけのかいのある「胃瘻」だった。胃を、おなかの皮膚のすぐ裏側に密着するよう移動させてやり、穴を開ける。おなかに開いた穴の中は、すぐ胃の中というわけだ。その穴にチューブを通し、注入食を入れる。洋平はこれによって、ずいぶん口から食べるのが楽になった。注入で栄養のほとんどをとっていたが、口から食べるということも大切にしたくて、ミキサー食を口からもとっていた。が、鼻にチューブが通っているとのみ込みにくいのだ。

まだ胃瘻ではなく鼻チューブだったときのこと、自宅でのある夜、みんなが寝静まると、洋平は微《かす》かに動く左手でチューブをさわった。ゆっくりゆっくりと指に絡《から》めているようだった。

そして、急に力が抜けたかのように、左手をパタンと、足方向に倒した。チューブが抜けた。

前から看護師さんに聞いていた。

「洋平くんは、鼻チューブをはずそうとしている」

と。まさかと思った。洋平の手はほとんど動かんじゃん。

でも、この夜、まさに現場を見てしまった。

植物は、つらいことから逃げ出せず、訴えられず、ただ受け身に生きている。洋平は植物に似ている。そんなふうに思えてきた。

そしてこの日、違う意味で、洋平は植物に似ていると思った。朝顔が、誰も見てない夜更《よふ》けにつるをそっと目的に向かって伸ばし、誰も見てない間に、ポンッと思いきりよく大輪の花を咲かせるように、目的のために、ありったけの能力で努力している洋平。植物も、受け身で生きているだけではない。自らの力で想《おも》いをかなえようとしているのだ。

それでいて、植物はさまざまなものを赦《ゆる》す心も持っている。幼子が、ただ遊びのためだけにその花や葉っぱをちぎっても、植物は笑ってそれを見ているような気がする。風とも、水とも、光とも、相手の度が過ぎるときですら、赦し、受け止める。

その植物の優しさに似たものが、洋平の瞳《ひとみ》の奥で揺れている気がした。

洋平、キミはいたらぬ母のことも、自分の運命もみんな微笑んで受け止めている。あきらめではなく、包容力で。

洋平、昔は答えられなかったキミの性格、今なら答えられる。

結構努力家です。
やっぱり長男気質です。
こう見えて頑固なところもあります。
そして、とてつもなく優しいやつです。

# しごと

保育所には最初、産前産後という理由で入れてもらった。そのあとは、内職を理由に通わせてもらった。
ダイの小学校入学が近づくと、私は仕事を探し始めた。友だちをつくれないダイだから、きっと放課後は家に閉じこもる。児童会に入れたかった。児童会に入会する条件は結構厳しく、内職だけではだめで、外で働いていなければ入れなかった。ハローワークに通ったが、ことばの教室の日は休める仕事など、なかなか見つからなかった。
そこで、電話帳で、レンタルモップ店に片端から間違い電話のふりをしてかけてみた。一番感じの良かった田頭さんの店に、
「こんにちはー。雇ってください」

と、飛び込んだ。未《いま》だに、そんなことする人間、後にも先にも佐々木さんだけだと笑われる。とりあえず、仕事ゲット。

その少しあとに、同じ保育所に通うダウン症児のお母さんから、

「うちの海事代理士事務所で働かない？」

と声をかけられた。なんで私がスカウトを……やっぱ、この美貌《びぼう》のおかげで、などということはもちろんなく、働き者の手をしていたからだそうである。人間、手を見たらわかる、と彼女は言う。悪いなあ……私、主婦湿疹《しっしん》なんだよね。働き者でこんな荒れた手をしているわけじゃない。ま、いっかー。

事務仕事についたのだから、モップの仕事との両立はきつい。まだ客の少ないうちに、モップの仕事を辞めればいいのに、田頭さんがとびきりいい人なのだ。目じりが地面につくんじゃないかというくらい下がったご夫婦は、その目のとおり優しい人で、その性格に惹《ひ》かれて、気づいたら、今も辞めないで続けている。

お年寄りのお客さんとの会話も楽しい。

「車いすに乗らないといけなくなった」

と落ち込むお客さんに、

「うちの息子は、もうとっくの昔から乗っているよ」

と自慢したら、

「私の車いすは結構いいやつなのよ」

と、自慢返しにあった。

モップのレンタルにまわるのは、服装は自由だが、事務のほうはそういかない気がした。膝《ひざ》の出たジーパンしかないのに、どうする⁉

折しも季節は夏の終わり。スーパーに行くと、スーツっぽいのやら、ブラウスやら、五百円くらいで売っている。五千円も買うと、持ちきれないような荷物になった。

その日、保育所で担任が上下千円の服を着た私を見て、

「女じゃったんじゃ、お母さん」

と言った。女以外のお母さんがいたら、見せてほしいもんじゃ。

「背があるんだし、ちゃんとした格好しんさいや。びっくりしたわ」

と、重ねて言ってくれた。ほめられているのだが、ほめられている気がしない。

今まで相当ひどかったらしい。

そういえば、ダイが保育所に入る前、弟と雑談していたとき、はやりの本を知らなくて、

「姉ちゃん、終わっちょるの」

と、言われたことがあった。

終わり？　何の？　女の？　人間の？

公園でほかの人にその話をすると、

「それを言うなら、私、最近久々に歌番組見て、ＴＲＦって、トリフって読むのかと思って恥ずかしかったわ」

「あ、私も、私も」

と何人かが言った。

その後、ダイが保育所に入り、航も入ると、私は髪を切り、ペディキュアを塗った。それを見た先輩お母さんが、

「おかえり。女の世界へ」

と言ってくれた。

私は仕事を持つことで、社会人としての佐々木志穂美に戻ったのだ。

二つの仕事を掛け持ちしながら、楽しい日々だった。けれど、航が四年生の夏、私は事務の仕事を辞めることにした。航が中学生になれば、児童会はなくなるし、そのときには事務の仕事は辞めるつもりだった。それを二年以上早めたのは、航が荒れ始めたからだった。相談や療育に行くことが増え、モップの仕事は時間の都合をつけやすいが、事務は休めない日がやはり多い。中途半端《はんぱ》に働いては、迷惑がかかる。

辞めたと言うと、たいていの知人に、「馬鹿《ばか》、もう二度と、こんな条件のいい事務の仕事になどめぐりあえないよ」と言われた。

それでも私には、悔いはなかった。子どもたちのために時間が使いやすくなって、うれしくて、ついでに学校の図書ボランティアを引き受けたくらいだ。仕事を持っていたとき、あきらめたことをみんな今やってやる、と思った。

そんなある日、一人でハンバーガーショップに入った。昔、公園でよく一緒になった人が働いていた。ああそういえば、数年前にもここで見かけたっけ。続けていたんだ。あのころは新米で、びくびくやっていたっけ。公園時代には、結構大雑把な性格の人だったな。

てりやきセットを買った。

「たまには、子どもがいないとき、一人でも食べてみたいの」

と言う私に、

「そのくらいの贅沢《ぜいたく》、じゃんじゃんやって」

と笑い、

「おつり、〇〇円です。おたしかめください」

と、彼女は両手で優しく私の手をくるむようにして、おつりを渡してくれた。

ショックを受けた。

続けるということは、こういうことなんだ、と思った。

あの、ちょっとがさつだった彼女の美しい手の動き。

私も、仕事をしていたころ、誰かの心を打ったことがあっただろうか。私はちゃんと成長したのだろうか。悔いがなかったはずなのに、誰かに当たり散らしたいようなさびしさを覚えた。障害児の母でなかったら、私は一生の仕事を見つけて、ばりばり駆けまわっていたのだろうか。

航の家庭教師のお姉ちゃんは、航が五年生になると、月二回来てくれるようになった。航を卒論のテーマに決めたのだ。

いつも、うっとり、といった目で航を見てくれる。

「かわいいなあ。何時間でも見ていたいなあ」

「相当変わっていますね、先生。そんなこと言っていたら、将来結婚して、子ども産んだら自閉症だった、ってことになったりしますよ」

「ああ、それいいなあ」

突っ伏して笑ってしまった。先生の目は、うっとりと宙を見ている。

「ほーんとに、変人なんだからあ。先生、障害児の親になったりなんかしたら、とっても働きにくいんですよ。障害児の教師になるのが夢だろうに、せっかくなっていても、辞めなきゃいけなくなったりしますよ」

「ん、いいですよ。私は、障害児のそばにいたくて仕事として考えたんですけど、自分の家の中にいてくれるなら、働けなくてもオッケーですよー」

目を見る。本気だ、おそろしい。

二十二センチの靴でもぶかぶかの小柄なお姉ちゃんに、私の心は救われた。

そっか。どんな状態だって、自分の好きなこと、やりたいことは、かたちを変えてやれる。私は私のやりたいことをがんばってやっていこう。

ハンバーガーショップの友人の優しい手の動きが私の心を打ったように、私も誰かの心に響く働きをしよう。

# 別れ

うちの子たちは、人間運がいい。だけど、別れの周期も早い。

航の一、二年の担任は、まるで父親のようだった。実際、低学年の子どもたちはそう信じていた。

「ボクって教師に見えないんでしょうか」

と、担任は頭をかいていた。アヒルの子が親と信じたものについていくように、航もにこにこと担任のあとを追い続けた。

三年生になって、担任が代わった。始業式の日は、前担任のあとをひょいひょい追っていたが、翌日から姿が見えると新担任の陰に隠れるようになった。傷ついている。捨てられた、とか思っているのかも。もっと説明してやればよかった。

四年生になる春、前担任は転勤になった。航の入学時に転勤してこられた先生だから、卒業まで見守ってもらえると思っていた。これで、航の入学時を知っている先生は、校長先生だけになった。その校長先生も、航の卒業より前に定年を迎えられる。早すぎる転勤周期。航の入学時を思い浮かべながら、

「六年間でよく成長したね」

と、卒業式で言ってくれる先生はいないのだ。

前担任の送別式、今まで避け続けていた航が、抱きつきに行った。送別式のあと、校庭の花道を通り、車で去っていく段取りなのだが、その車にも一緒に乗ろうとした。

車から降ろされ、一緒に行けないことを説明され、

「じゃーね」

と、前担任が手を挙げた。航も、

「じゃーね」

と、手を挙げた。たくさんの子どもたちが泣いたけれど、航は涙も流さないし、振り返りもせず、別れた。それが、航の別れ方だった。

その一年後、今度は三、四年生の担任が転勤になった。まったくこの時期は、私

は朝四時から新聞を広げ、教員の人事異動のページを見ては泣いている。

保育所時代、先生が転勤になられるたびに落ち込む私に、

「今度は、保育士と保護者ではなく、友人になれるのよ」

と慰めてもらった。

公立の保育所は土曜日も開く代わりに、日曜以外にもう一日、先生たちは休みを選べる。結構、会える機会がある。だけど、学校の先生はそうはいかない。より一層別れがつらい。

自分のそばにいつもいてくれる担任が、永遠の存在ではないことを理解した航は、今回の別れも静かに受け止めた。

「さようなら」

一瞬だけ目を合わせ、あとは宙を見ながら、そうはっきり言った。航の精いっぱいだった。

まっくろたまたま

「お母さん、呉国立、いっぱいでだめ。市民、広大、県、さあどれにする」

洋平の主治医からの電話だ。私はあなたのお母さんではない、とかっこみを入れている場合ではなく、

「県は通いにくい場所だから、県以外で」

と、答えた。

今回は、睾丸《こうがん》が体内で捻転《ねんてん》を起こしているらしい。リハビリセンターでは手術ができない。私が広島大学病院に着くと、すぐに手術は始まった。

睾丸は体内で壊死《えし》していた。手術が終わると、切除されたまっ黒な睾丸を見せてくださった。これだけのことになっているのだから、さぞかし痛かったろう。下腹部がかすかにふくらみ、洋平は冷や汗をかいていたそうだ。緊急を要する手術だけ

に、よく気がついてくださった、と感謝の気持ちでいっぱい。

昔、夢を見たことがある。私は、ある薬をたった一つ手に入れた。それは、障害をほんの少し軽くしてくれる薬なのだ。

ダイがのんだら、普通の子になれる。将来サラリーマンにはなれそうもないダイなのに、障害者としての保護を受けにくいダイ。ある意味、一番の不安だ。ダイに使えたらどんなに安心できるだろう。

でも、一分も一人で外を歩かせられない航が、ダイくらいに成長できたら、どんなに素敵だろう。航に使ってやりたい。

だけど、私はその薬を洋平に使うだろう。たった一言、「痛い、助けて」と言えるように、洋平に使うだろう。

そう決心した。

決心したから、余計に悲しかった。そんな薬がこの世にないことが。

# 告知

ダイは、ずっと学習障害児だと思っていた。ダイが幼児のころは、ちょうど学習障害が注目を浴び始めた時代だった。ダイ自身まだ幼く、なんの障害かわかりにくい状態ではあった。障害の専門家も学習障害児と判断した。

それが、航が自閉症とわかり、「ティーチ」という自閉用の支援を始めると、ダイが、

「ボクもこんなふうに育ててくれたら楽だったのに」

と、言ったのだ。あれ……あれあれ。よーく考えると、ダイも自閉症の特徴をみんな持っている。今は自閉症が注目を浴びている時代で、昔、学習障害児の特徴として書物に書かれていたことも、今は自閉症児の特徴として書かれている部分もある。研究がここ数年間に進んだせいでもある。

今さらのように、精神科医や訓練をしてくださっている先生方に、

「ダイって、学習障害児ですよね」

と、訊《き》くと、

「え？　高機能自閉症でしょ」

と、言われた。そそそうだったのか。

血液型が、BからAだと言われた気分。性格変えなきゃ、って気までしてくる。

高機能自閉症等、軽度発達障害児には、障害について告知したほうがいいという考え方もある。障害特性を本人がわかっていれば、社会適応をはかりやすいだろう。だけど実際は、軽いがゆえに親が障害に気づいていなかったり、認めたくなかったりする場合もある。せつなくて我が子に言えないときもある。言うべきではない場合もある。難しい問題だ。

我が家の場合は、ダイにとって障害というものはあまりにも身近だった。洋平の施設や養護学校で、いろいろな人たちがいきいきと活動していることを、ずっと見てきたのだから。

低学年のころ、心ない人が、

「そんなにちょろちょろしていたら、足を切っちゃうよ」

と言った。ダイは、

「足がないときは車いすに乗れば大丈夫です」

と答えた。相手は、自分の言葉がとても悲しい言葉だと、ダイの言葉によって気づいたようで、はっとした顔をした。ダイはなおも続けた。

「耳が聞こえなかったら、手話があるから大丈夫です。目が見えなかったら、点字があるから大丈夫です」

ダイの言葉を聞いているうち、楽しくなってきた。

そうだよね。大丈夫なんだよね。

小学生になってもたどたどしくしかしゃべれないダイなのに（しかも丁寧語しかしゃべれなかったりする）、本質をとらえる力はある。

そういえば幼児のとき、絵本を見ながら、

「ぱぱ。かあしゃん。ダイちゃん」

と、それらしい人を、街の中にたくさんの人がいるページを広げて、指さしながら言っていた（私より八つも年上のおっさんである夫を、パパと呼ぶ感性からして、すでにおかしい）。

　そして、

「よっち……」

　と言って泣きだした。その街の絵に、車いすの人は描かれていなかった。

　ダイ、あんたはすごい。

　そんなダイに対してだから、ダウン症についてのテレビを見ていたとき、

「ボクって、ダウン症？」

　と、ダイに訊かれて、

「うんにゃ。学習障害児」

　と、あっさり答えてみた。ダイは、

「そうかー」

　と言ったけれど、その続きはなく、たいして興味がないようだった。

　目つきの悪い人に、

「あなたは、目の障害ですか」

と訊いて、あわててダイの口をふさいだこともある。もしかして、こいつは世の中の人、みんな何かの障害を持っていると思っているのではないだろうか。

そう疑っていたら、

「ボクって、障害のあるわりにがんばっていますね」

とか言う。

高機能自閉症児だとわかったとき、一応、本人にも報告した。

「ダイね、学習障害児かと思っていたんだけど、どうも、高機能自閉症らしいのよ」

「あ、そ」

「それは九州の山」

「阿蘇山《あそさん》？　ボクが言ったのは、アソじゃなくてアッソウなの」

告知終わり。続きを語ろうにも興味を持っていないのなら仕方ない。放っておくと、それから数ヵ月たったある日、

「そして、ボクの知能はいかほど」

と、訊いてきた。

「遅れのほどはさほどでもない」

と答えると、

「なるほど」

で終わった。

ダイが自分の障害をきちんと理解するのは、いつのことだろう。でも私は、今のままのダイでも、十分自分を知っている、おまえはすごい、と思ってやれる。

ダイのことをもっと理解しないといけなかったのは、ダイ自身ではなく、過去の私だ。今の私の知識で、幼児期のダイをもう一度育ててみたいと思うときがある。今の私なら、自転車で迎えに行かなかったくらいでパニクっていたダイを、パニックなく生活させる自信がある。

そう言葉の先生に愚痴ると、

「知識もなく、手探りで育てていたことも無駄ではないのよ」

と言われた。

母も子も、障害の本当の理解には時間が必要なのかもしれない。

# 中学校

ダイの通う中学はとんでもない石段の上にある。いろいろなコースがあるが、その一つが、映画『海猿』のトレーニングシーンで有名になった二百階段だ。

入学式の日、うっかりこのコースで上がり始めてしまったのだが、ハイヒールで急勾配《こうばい》は、きついなんてもんじゃなかった。

それなのに、この中学校で研究会と参観が行われた日、台風の影響で風雨が厳しい中、中学校から小学校に移動する市教委の先生方に、

「どのコースが近道かな」

と訊かれ、うっかりこのコースを指さしてしまった。みんなそろって死ぬかと思った。

そんな不便な場所にあるから、小学校のときのように、隠れて見に行くなんて根

性が生まれない。ダイと航が二人小学校にいるときは、最高で一日五時間、運動会の練習を見たことがある。あまり長く見ていて、馬鹿《ばか》かと思われたらいけないので、塀の外の木の陰から見ていたときもある。完全に不審者である。安物のミュールの親指が当たる部分が熱で溶けるほどだった。それほど、行事に参加する我が子が心配だった。

小学校では、ダイの苦手なピストルはやめてもらっていた。だけど、中学校の広い校庭では、ピストルでないと音が聞こえない。ピストルを使っての初めての練習では、ダイは耳をふさいで逃げ出したらしい。

ダイは、耳栓をしてがんばることにした。初めての体育祭は、並ぶところを間違えたり、ダイのせいで負ける競技があったりしたが、終わったあとのクラス写真では、一番いい笑顔をしていた。ダイは、苦手な音に打ち克《か》ったことで、がんばった自分を十分評価できたのだと思う。

つらいことを、がんばりすぎる必要はない。でも、もし、乗り越えられたら素敵だな。親にしてやれることは、子どもが何をがんばったか、知っていてあげることくらいだけれど。

クラスマッチの日は、帰るなりダイに訊いた。

「競技は何をしたの？」

「たぶんバレーボール」

「（たぶんかよ）サーブは入るの？」

「サーブって何？」

「え？　じゃあ、飛んできたボールを打ったりはした？」

「ううん」

わけわからん。

三者面談で訊いたら、

「バレーボール、いくらがんばっても、ダイのサーブ、入らないんですよ。で、ダイは投げてもいいことに体育の先生が決めたのですが、これがまたへたくそで、あ、ごめんなさい、まあ、それがどこに飛んでいくかわからなくて、相手はとれないんですよ。で、あれはずるい、と苦情を言う子もいたんですが、クラスマッチのときは、このクラスにとって有利ではないかと気づくと、あっさりみんな納得ですよ。もう、おかしくって。ダイは、クラスマッチでもコートの中で暇そうにしていて、ときどき座り込んだりしていますね。番が来たら、投げる、と。で、点が入る」

と、担任がおかしそうに言うから、なんか私までおかしくなってきた。なんだか、見てみたいような、見てみたくないような。

担任は、さらに言った。

「ダイはとってもがんばっています。人の倍、努力して、みんなについていっています。そのうえ、素直で、絶対に人に危害を与えないから、愛されやすいんです」

うーん、このほめ上手。


台風の朝、学校が休みになるかどうかの連絡網を待ちきれなくて、ダイは中学校に電話した。答えを私も聞きたくて、スピーカーホンのボタンを押してみた。電話の向こうから、

「ダイちゃん、わかったか。今日は休みで。表に出んのんで」

と、担任ではない別の先生の声がした。

名乗っていないのに、誰かわかってしまっているし、佐々木くんではなくてダイちゃんだし。強い風が窓をたたく朝、私はおかしくて一人でウケていた。

思えば、小一のときから「ダイちゃん」だった。男子のことも「さん」づけで呼んでいた小一の担任も、ときどき「ダイちゃーん」と叫んでいたっけ。

ダイが中学生になることに、とても緊張していた私だけれど、温かく迎えられていることがうれしかった。

中学校には二つの小学校から入学してくる。違う小学校から来た子どもたちから見たら、ダイは衝撃的な存在だろう。同じ小学校から来た子どもたちも思春期を迎え、難しい年頃だ。

ダイは学年で一番背が高い。そのダイに「ちび」と言う子もいて、それにもキレるらしい。「きもい」と言われたこともある。数日たって反応し、「ボクは、きもくないぞ」と、いきなり答えたそうだ。相手にしてみたら、「はあ?」って感じで、いじめたくもなるかもしれない。「クラウディを食べちゃうぞ」と、飼っているハムスターについて言われて、泣いたこともある。どれも、なんでこれにキレるんだー、という感じのことだが、その根底の悪意を読み取るのだろう。

「障害児学級へ行け」と言われた日にも、ずいぶん泣いたらしい。家に帰っても、多くは語らないが、この日はぽつぽつと話してくれた。

「養護学級を悪く言ってほしくない。航くんも養護学級だし。でもボクは、二年二組にいたいのに、そんなふうに言ってほしくない」

ダイ、あんたはほんまにかしこい。母さんの数倍かしこい。

母さんは、ダイがいやなこと言われるたび、

「おい、おまえ、これ以上、馬鹿なこと言いやがったら、希望の高校に行けないようにに手をまわすぜ」

と、相手をつかまえて言いたい衝動にかられるが、それは、仲のいいお母さんたちから止められまくっている。止められなかったら、言っている。

ダイ、キミは、相手の悪口は言わない。暴力もふるわない。相手の物も壊さない。

「ダイが、怒りのあまり二階の窓から、鞄《かばん》や筆箱を投げて、壊しまして」

って、担任から電話がかかってきたこと、あったっけ。

「え？　弁償します」

「いえ。投げたのは、自分の鞄と筆箱です」

ダイに訊《き》くと、

「人の、投げたら弁償です。自分の、投げて、えらかったでしょ」

ほ、本気で言っている……こいつ。
ダイ、どうせなら、投げなかったら、もっとえらかった。

# 助けてください

ダイが幼児のころ、公園でみんなとの違いに傷ついた帰り道、ある小さな魚屋の店先で、小さな店主と対照的にでっぷりとしたおばちゃんが、地べたに座ってカッパ巻きを食べていた。ダイは走っていき、並べてある貧相な魚たちを見ていた。

「いらっしゃい」

そのおばちゃんは、ダイに声をかけた。

「のり」

ダイは、カッパ巻きを見て、そう言った。

「食べたいか。ほれ」

おばちゃんが、差し出した。

あ。止める間もなかった。

正直言うと、遠慮やしつけが理由ではなく、衛生面で止めたかった。あっという間にたいらげ、

「お茶」

と言うダイに、おばちゃんは、自分がお茶らしきものを入れて飲んでいたコップ酒のいれものを差し出した。ダイは、ぐっと飲み干した。

「ええ子じゃ。すごくええ子じゃ」

おばちゃんのその言葉を聞いたとたん、涙が出そうになった。

誰もそんな言葉、ダイにはかけてくれない。

うれしくて、うれしくて。でも、魚は買わなかった。

それから、しばらくそこへ行けなくて、数日後、貧相な魚を買う勇気を出してその店に行くと、そこは倉庫になっていた。

私は、おばちゃんに、ありがとうを言わないままになった。

保育所に通いだしてからは、ダイを自転車の後ろに乗せて走っていると、よく見知らぬおじいちゃん、おばあちゃん、おじちゃん、おばちゃんが、「ダイちゃん」

と、声をかけてくれた。ダイに訊いても誰だか教えてくれないし、「あなたは誰ですか」と問う勇気は当時の私にはなかった。


小学生になってずいぶんたったころ、担任ではない先生が、世間話の中で、

「昔、ダイちゃんのことで怒鳴り込んできた人がいたわ。その人が、掃き集めた落ち葉をわざわざ蹴散《けち》らかしていく子どもがいたから、名札を見て、学校に言いに来られたの。ダイちゃんに障害があること説明したら、そういうことなら任しとけ、わしが次のときは丁寧に教えちゃる、と言われていたわ」

とおっしゃるからびっくりした。


私は知らなかった。あやまりに行きたかった。そう言うと、その先生は、

「そんな、お母さんがなんもかんも抱えんでもええわいね。担任も、たいしたことではないと判断したから、お母さんに言わなかったのかも。お母さんが、すぐに動く人だからこそ言わなかったのかも。子どもは、親が知らないいろんな人に支えられて成長していくのよ」

と笑った。

本当にいろんな人の支えで、ダイは成長していった。


中一のある日。携帯が鳴った。

「お母さん、外科に来てくれる？　ダイくん、石段で転んだらしいのよ」

その日は、雨だった。雨の日でも傘を忘れるうっかり者の（うっかり者というレベルか！）ダイだが、この日は、下校時にはやんでいたのに、傘は忘れなかった。それは、かしこい。でも、濡《ぬ》れた石段に滑った。二百階段ではなかったのが幸いだ。

痛みに弱いダイは、その痛みを骨折と判断した。

「助けてくださーい」

と叫び、その声で、近所の人たちが助けてくださったらしい。

自宅に電話したが、私は留守。携帯の電話番号をダイが覚えていなくて、中学に電話してもらったらしい。たくさんの先生たちが、ダイを抱えて車の入るところまで運び、病院に連れて行ってくださったそうだ。

病院に行くと、ダイは痛みに顔をしかめながらも、どこか幸せそうに見えた。

「助けてって言ったら、たくさん人が来て、助けてくれた。先生も、みんなで助けてくれた。よく『助けて』って言えたね、って、みんながほめてくれた。みんな、ボクを助けてくれるんだ」

それから数日間、ダイはそのことばかり言っていた。

ダイ、キミのことを、昔からたくさんの人が助けてくれているんだよ。それに気づけるようになったのは、すごい成長だ。

結局、骨は無事で、捻挫《ねんざ》だった。医師は、

「それにしても、この子は、まだまだでかくなるよ」

と、骨を見て笑った。

捻挫でよかった。ついてきてくださった先生たちが、笑顔になった。

私も心からほっとしながら、(なんで、よりによって、新しいほうのズボンはいて転ぶんだよう)と、壊滅的にやぶれた膝元《ひざもと》を見て、トホホと思っていた。

# 画伯

ダイが保育所時代、いつまでたっても具体的なものを描かない、と先生に愚痴ったら、

「なぐり描きの時期が長い子ほど、いい絵を描くようになるのよ」

と、なぐさめられた。

そうしたらある日、突然画用紙いっぱいの人の顔を描き、その後は堰《せき》を切ったかのようにダイの絵は進化していった。

近くで見ると、ただいろいろな色を滅茶苦茶《めちゃくちゃ》に塗ったとしか思えないものが、遠くから見ると、正面から見た機関車だったり、ワインとワイングラスだったりした時期もあった。天才かも。親馬鹿《ばか》の見本だ。

ことばの教室の先生が言われたことがある。

「アインシュタインとかエジソンとか、昔の偉人が発達障害だったという説を聞くと、我が子に期待したりするよね。だけどね、障害のない子どもたちも、有名な人になる子もいるし、平凡に終わる子もいるように、ほとんどの学習障害児が、ごく平凡な、ちょっと個性的な大人になるのよ。でも、それでいいのよ。偉人になる必要はないのよ」

先生の言われることは、すごくよくわかる。でも、どこかで私は、ダイはドエライヤツになるかも、と思っていた。

昔の私は今のダイの成長した姿を知らない。あたりまえのことだけれど。

もちろん今もへんてこりんな子どもだけれど、ダイは一人で判断する力のある子だ。こんなふうになると昔わかっていたら、もっと心やすらかに、育児を楽しめただろう。

あのころの私は、ダイがちゃんと育つのか不安でたまらなかった。ドエライヤツになるかも、と夢を見ることで、心のバランスをとっていたのかもしれない。

だから、当時の私は、ダイの絵の才能に期待していた。だけど、ダイはどんどん普通の、そして普通以下の絵しか描けなくなっていった。

「レインマンのような才能って、その人の遅れていた部分が成長したら、消えたりすることがあるらしいの。でも、それは悪いことではないと思うの。トランプのカードの内容が瞬時に記憶できる能力より、一人で買い物に行く能力が身につくほうが、この世の中では、生きていきやすくなるはずだもの」

これも、ことばの教室の先生が言っていたことだ。

ダイは、急に成長した。だから、絵が下手になったのかな、と思った。ダイが生きていきやすいことのほうが大事だから、天才画家の道はあきらめようと思った。(天才画家になれると思っているところがすごい。親馬鹿)

一方、航は保育所時代、何も具体的なものは描けないのに、「画伯」と呼ばれていた。芸術家の匂《にお》いがする、と担任が言っていた。

二年生になると、絵や字の視写を楽しみ始めた。

四年生になると、花なら本物を見て、描けるようになった。担任は、校内の豪華な鉢植えの菊の花びらの一枚一枚を航に触らせた。航は、誰が見ても菊に見える迫力ある作品を描いた。

ダイのクラスの保護者で、書道の先生をなさっている方がいる。その先生が、たんぽぽ学級で、大筆の書道や前衛書を教えてくださった。航は、書道が大好きになっていった。

そんな四年生の三月。急に、ある書道家の先生のギャラリーを一週間お借りできることになった。校長先生自らの企画だった。たんぽぽ学級三人の作品展を行うことになり、のべ二百人の方が見に来てくださった。航は、お礼状として、絵手紙用のはがきに顔料を塗り、数行の詩を、墨で百枚書いた。よく書くなあ、と感心してしまった。

今もおかしいのは、誰かが筆を持って、どう書こうか悩んでいると、どれどれ、といった感じに、航が代わりに書こうとしたりすることだ。自分の書道はすごいと思い込んでいる。

航だって、何もわからないように見えて、実はいっぱいわかっている。自分が評価されたことが、ちゃんとわかっているのだ。

障害者はハンディを持っている。でも、芸術の世界では、それは関係ない。障害を持っている「かわいそうな」子が書いたからすばらしい、ではなく、掛け値なしにすばらしい作品が生み出されるようになったら、と思う。技術ではなく、込められた魂で。

　そして、それより前に、たった一つでいい。食べることより、寝ることより、大好きなことが見つかるといいな、と思う。

　航の場合、それが書画である気がして、今、航と一緒に自分の表現の仕方を探っている。


　絵が下手くそになったダイ。デッサン主流の美術の成績は悪い。でも実は、もう何年も絵画教室に通っている。居場所の一つとしてそこに通っているのだと思っていたら、案外、真剣に描くということに向き合っていたらしい。丁寧につくったであろう色が、画用紙の上で、花に命を吹き込んでいた。

「いつの間にか、すごくうまくなったねえ」

　なかなかほめられる機会の少ないダイは、照れたように目だけで笑った。

「まあね」

　それなりに思春期なのか、口だけはなまいきだった。

# ゆうゆう

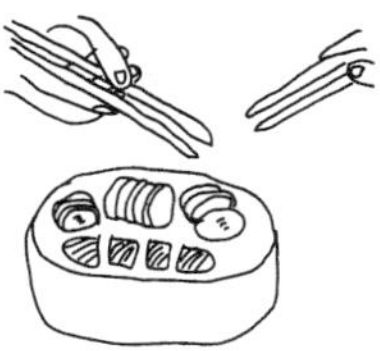

ことばの教室で仲良くなったお母さんたちが、結構家も近く、家族ぐるみで遊ぶことも増え、これは一生のつきあいかも、と、将来、子どもたちが働く場を設立するためのサークルをつくることにした。

朝から話し合っても、サークルの名前が決まらない。

「みんなの気持ちを一つにする意味で、『ククル』は？」

「苦来る」

「首をくくる」

「じゃ、ふくろうは？」

「夜だけ活動するの？」

「あのー、私は夫婦で話し合って、『あさがお』がいいなと、思ったんです」

「あさがおって、何かにからんでないとだめな植物よね」

「おまけに、男性用便器をあさがおって言わない？」

「私らって、もしかして、ネーミングのセンスないじゃろ。けちつけるときは、いきいき意見言っているけど、案が出ないじゃない」

「もうすぐ子どものお迎えなんよ。早く決めようよ」

「あー、もう、先生決めて。文句言わんけ」

みんな、ことばの先生の顔を見る。

「んー。ゆうゆうは？」

「えー。三歩歩いたら、ぶつかる名前だね。本の名前でもあるし、老人施設でもあるし、風呂《ふろ》屋もあったよ」

「人と人を結ぶ、結う結う、いいじゃん、これこれ」

「あー、もうお迎えの時間じゃ、これこれ」

というわけで、サークルの名前は、「ゆうゆう」になった。

ちなみに、父親会は「ようよう」。〝洋々たる前途〟のようよう。〝酔う酔う〟だという説もあるが。

うちのサークルは、結構父親の参加率が高い。軽度発達障害の会に行くと、父親の理解がないとの愚痴をよく聞く。軽度だと、学校の様子や子ども同士のトラブルを見聞きする機会の少ない父親は、障害だと認めることができないのかもしれない。

その点、「ゆうゆう」の子どもたちは、ホント！　とびきりである。

「障害ではないんじゃないか」なんて淡い期待を持たない。持てない。父親も子育てに巻き込まれてしまう。父親だけでなく、じいちゃんばあちゃんまで、つながっていったりする。

スーパーで疲れた顔して歩いていたら、

「佐々木さん、今、大変なんよね」

と、いきなり菓子パンを山ほど持たされた。「ゆうゆう」の子どものおばあちゃんだった。おからやうどんや漬物もときどき届く。

たった十家庭のサークルなので、まとまりはピカイチ。ただ、人手不足を感じる。ほとんどみんな、母親たちも仕事を持っているし、それぞれにさまざまな事情もある。それでも、私たちは前に進み続ける。

うちの父はなんでもオーバーに語るくせがある。話がどんどん大きくなる。

その父が、なんだかあっという間に自営業を始め、

「次は、自社工場だな」

と言うので、笑って聞いていたら、ホントに工場が建っていた。場所は実家から三十分は奥に入るが、中で何組かテニスができるほどの広さだ。

七十近くて、体重が百二十キロ近くある父が、あっという間に夢をかなえていくのを見ていたら、こりゃ、夢も大きく語るにかぎる、と思った。

人から見たら、ほらにしか聞こえないことも、信念持って、夢を込めて語っていたら、言葉は命を持つようになる気がする。


私たちはときどき自信を揺るがせながらも、口調だけは自信満々に、

「私たちは、子どもたちの仕事場を必ずつくる」

と、言ってまわっている。

私たちは、つくる。

子どもたちが、いきいきと働く場を絶対つくってみせる。

# トーチャン

私は、夫を「とーさん」もしくは「とーちゃん」と呼ぶ。

夫は、私を「かあちゃん」と呼ぶが、私は、

「そんなジジイ、産んだ覚えはない。わたしゃ、あんたの母じゃない」

と、怒るようにしている。

いつまでも名前で呼び合う夫婦でいたかったが、航が混乱するといけないから、それはやめた。なのに、かあちゃんと呼ばれて怒るのも筋違いだが、航がいないときまでかあちゃんと呼ばれると、やっぱりむかつく。

私にむくれられても、やっぱり性懲《しょうこ》りもなく夫は「かあちゃん」と言う。ぼーっとしていて、すぐ忘れちゃうらしい。

夫は、頭はいい……はず、と思う。だのに、生きていくにあたってのエネルギー

や栄養は、すべて優しさという方面だけに使って、要領の良さとか、計算高くという方面までは、まわってきていない気がする。

洋平の障害がわかったときも、いつものまんまの夫で、

「重いもの背負って、よくがんばって、会いにきてくれたな」

と、優しく洋平の頭をなでていた。

洋平の目が見えていないと医師に言われたすぐそのあとに、

「きれいな海を見せようと思って」

と、疲れから眠り込む私を家に残し、海まで、洋平とふたりでドライブしてきたこともあった。

幼いころのダイが、騒ぎを起こし注目を集めても、恥ずかしいという感情を持たない人だった。怒ることもない。

あ、一度だけあるか。高知に旅して、楽しみにしていた皿鉢《さわち》料理を食べようとしたら、ダイがパニックを起こし、ろくに食べられなかったときは、ずいぶんむくれていたな。食べ物のほうが重要問題らしい。

ダイを妊娠したときも、航を妊娠したときも、「障害児ならいいな」と言ってい

た。「障害児でもいいよ」ではない。「ならいいな」である。後ろから、首しめたろかい、と思った。

でも、障害児を三人授かって、結構楽しくて、私にはこの人生が合っていると気づいてからは、夫の言葉のおかげで、この子たちの親になれたのかな、と、少々感謝している。

ずうっと昔、結婚式で私の上司たちが、

「おまえ、自分の性格知ってるなー。尻《しり》に敷きやすそうなの、探したじゃないか」

と、言っていた。私の性格を誤解している。私は、夫のあとをついていくタイプだ（誰も信じてくれないが）。

でも今、全力で人生を走っていく子どものあとを、私が全力で追いかけているから、結局私は夫の前を走っている。思いっきり好き勝手もしている。

私たちは、夫の絶対的優しさという手のひらにのっている。

## 愛《いと》しの我が家

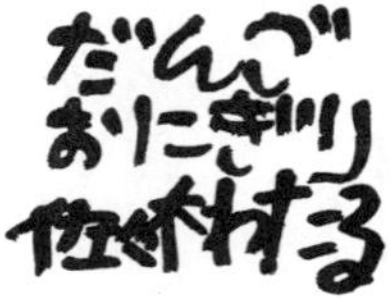

新婚時代は社宅だった。洋平が生まれて、あまりに病院通いが多いから、病院に通いやすい場所に引っ越した。

やがて、馬鹿者《ばかもの》どもがふすまを貫通させ、畳を耕した。とても人間が生活できる畳ではないと、畳屋に頼みに出かけて、途中オープンしたてのモデルルームがあったから一家でふらりと寄って、気づいたらマンションを買っていた。航が小学校に入学する前の年だ。

結婚と住居購入は、水が流れるように決まるというけれど、本当にそうだと思う。決して広い部屋ではないし、日当たりがとびきりいいわけでもないけれど、海が見えた。目の前は公園と川。病院や学校も近く、暮らしやすい場所だった。前に住んでいたところから徒歩五分。間取りは不本意なところもあるけれど、私はこの我が家をとても愛している。

その、私が愛してやまないこの部屋の、壁全面に航が落書きをしている。家じゅうの筆記具を鍵《かぎ》のかかる棚に入れたものの、つい出しっぱなしのときがある。その一瞬を逃さない。しかも、人がトイレに入っている隙《すき》に書いたりする。

「あなたたちに隙が多いのよ。私なら絶対に書かせないわ」

と、私に説教する母の横で、航は壁に「だんご」「おにぎり」と書いていた。トイレにも書いてある。床の間の天井にも書いてある。脚立《きゃたつ》を運んできての犯行だ。

頭突きをしていたころに、壁の石膏《せっこう》ボードを三ヵ所壊した。友人にこぼしたら、

「うちも長男が逆立ちして遊んでいて、足が当たった場所が壊れたわよ」

と言っていた。そんなにもろいものなのか……。

ひっそりと割れてくれているだけならまだいいのだが、壁紙が破れると、そこから砕けたのがみんな出てくるのだ。航はそれがうれしい。私はかなしい。買ってきた五十センチ四方くらいの壁紙を貼《は》ると、今度は隅のほうからうれしそうに剝《は》がす。

壁紙全部を貼り替えるお金はないけれど、貫通したふすまくらいは直そうと、業

者を呼んだら、我が家の壁をぐるりと見渡して、築何年かと訊《き》いた。その当時は築三年だったのでそう答えると、

「わはははははは」

と、一人で笑い、私の肩をなぐさめるようにポンポンとたたいた。

どんなになろうと、まだまだ愛している我が家にぴったりのクリーム色のソファを買った。なんと破格の九千八百円。リビングが急に素敵になった。

その翌日だった。もう、ボールペンでソファに落書きがしてあった。

キャーーーッ。悲鳴をあげる私を見て夫が、

「三十五年ローンのマンションに落書きしても、九千八百円のソファに落書きしても悲鳴は一緒だな」

と、しみじみ言った。

# 子どもである私

洋平の障害がわかったとき、私たちの親たちは、最初、孫の心配より、子ども、つまりは私たちの心配をしていたように思う。

孫とのつきあいは、まだ数ヵ月。そして、親にとって子どもは、成人していようとも、やはり子どもなんだと知った。

私の父は、しばらく無言で壁に向かって座っていたらしい。そして、目を開き、

「もう、ふっきった。洋平は、障害のある子でいい」

洋平が生まれたとき、その体の大きさに目尻を下げ、スポーツ選手になるかもな、と言っていた父だ。うれしそうに、靴を買って持ってきた父だ。

「でもな、あいつら夫婦は、これから元気な子も授かるだろう。洋平はわしが育てよう。山で畑を耕したり、ニワトリを飼ったりして生活していくのはどうだろう

か」

もしもーし、じいちゃん……。頭がぐわんぐわんするような矛盾の多い話の、一つ一つにはつっこみを入れず、シンプルに二点だけを言った。

「洋平は、私たちが育てたいです。それから、障害があるからこそ、地域で、人の中で育てたいです」

父は、納得したあと、通院用に私に軽自動車を買ってやる、と言った。そして、それは実現されてないし、洋平と山で暮らすと言ったことすら、覚えているかどうかあやしい。

ダイを妊娠したとき、両方の実家の衝撃は大きかった。あまりに早い妊娠だったから。まして航のときは、姑《しゅうとめ》のショックは特に大きかった。細い肩を震わせていた。

典型的長男気質の夫は、

「次は大丈夫だからね。心配しなくて大丈夫だよ」

と、優しく言っていた（私に言ってるのと違うじゃん）。

それでも、子どもの持つかわいらしさは障害があろうとも同じで、同じ時を生きるにつれ、その特異性に慣れ、みんな何事もなかったように暮らしていくことができた。時や人のたくましさは、どんなつらさも昇華させていく。

弟の結婚が決まったあと、弟が酔っぱらって電話してきた。

「彼女に、結婚前に、洋平たちのこと、話した。それで嫌われたら、仕方ないと思ったら、彼女が、そんなことで嫌いになるわけないじゃない、と泣いてくれたんだ。彼女のご両親にも話した。洋平のことから順に。理解してくださった」

「そっか」

としか、答えられなかった。

子ども好きな弟で、うちの子たちもずいぶんかわいがってもらった。結婚式では、お嫁さんやご両親にいっぱい話したいことがあったけれど、うまく語れる自信がなかった。素敵なご両親だった。

弟のところに、かわいい男の子が生まれた。お見舞いに行くと、ばったりご両親にもお会いできた。いっぱい話したいことがあったはずなのに、義妹と私は座るのも忘れて、赤ちゃんのかわいさを語り合い、ご両親とは、弟がうちの子どもたちの子育てをどんなふうに手伝ってくれたかを語った。

洋平の通院の間、弟にダイを任せたら、ダイがオムツにウンチをして、それだけは換えられず、何時間もそのままだった話をしたら、みんななんだかおかしくなって、声をそろえて笑った。ずっと語りたかったことが、話せた気がした。ちなみに、弟は自分の子のウンチは大丈夫らしい。

昔、溝が川に見え、そこへ洋平と飛び込まなくちゃ、と思ったのは、洋平の障害が身内の迷惑になったらいけない、と感じたからだった。

現在の医学でわかるかぎりでは、遺伝性はないといわれている。でも、心ない人の言葉によって身内が傷ついたら、と、それがいつも心配になる。

三人続いたことにより、「あの家は特別」と思われるのが悲しい。「障害は誰しも無関係ではない問題」という私の言葉が、伝わらなくなってしまう。

私は、障害児の母でよかった。でも、子どもたちは、普通に生まれたかったかもしれない。私が三人産んだことで、迷惑がかかっている人もいるかもしれない。

なら……。

子どもたちが、そして、私がうんと幸せになるしかないじゃない。

それが一番。

そう結論を出した。

どちらの実家からも離れて暮らして、身内のいないこの地で、私たちは思いきりうちの子どもたちについて、カミングアウトして暮らしている。

あまりにのびのびしすぎて、つい、新聞に数回載ってしまった。近所に何も話していない両方の実家は大騒ぎだ。

騒ぎはそれだけではなかった。

航三年生の冬、「母から子への手紙」というコンテストで、航にあてた手紙を書き、大賞をいただいた。遠い猪苗代《いなわしろ》まで表彰式に行く気はなかったのに、猪苗代の方たちの電話の声があまりに温かく感激して、気づいたら夫とダイ、航も一緒に猪苗代に行っていた。

一年ずれていたら航は荒れていて、長旅は無理だったと思う。担任が「学校行事を休んででも行っておいで」と後押ししてくれなかったら、行ってなかったと思う。たぶん、運命という河の流れが私を猪苗代に連れて行ったのだ。

猪苗代で、助役さんやお母さん委員会（コンテストの審査をされたそうだ）といったすてきな方たちと知り合えた。

そして、審査委員長の玄侑宗久《げんゆうそうきゅう》先生と出会えた。玄侑先生に、

「この人は、書くことで、強く生きている」

と、批評された。そのときは、

「私は、書くことに頼らなくても、強い」

と、胸の中で反論した。だけど、今もつらいことがあるたび、「書かねば」と思う私がいる。

猪苗代の帰りしな、玄侑先生に、

「長いのを書いてみたら」

と言われた。その言葉は支えになった。

そして今も、玄侑先生の言葉を支えに歩んでいる。

文を書いても親たちをびっくりさせるのに、この受賞をきっかけにテレビに出ることになった。全国ネットの朝の番組のほかに、地方局の夕方の番組で、三人を扱

いたいとのことだった。

そこまで話が大きくなっては、実家に言わずにはいられない。そして、大反対にあった。そのとき姑が、

「テレビは、ちゃんと正しく伝わるか怖いの。これからは、いくら書いてもいい。自分の文で、自分たちを語るのはいいから。でも、テレビは怖い」

と言った。たしかに。

一応、テレビを断った。でも、思い直し、航だけちょっぴり出した。この子をテレビに出す意味を十分考えたうえだった。そして、どちらの両親にも言わなかった。その日、両親は、何げなくテレビを見ていた（と、思う）。自閉症児が出るというから、どれどれ、と目を向けると、孫がにこにこ映っていて、びっくりした（らしい）。

中学からの友人に、この件についてメールしたら、

「また親に内緒なんかいっ」

と、返事が来た。

私って、そんなにほかにも親不孝したっけ。
親になっても、親に迷惑かけている私であった。

# 親である私

赤ん坊の洋平が家にいたころ、週末、夫に洋平を任せ、スーパーに買い物に行くのが楽しみだった。それでも心配で、途中何回も家に電話を入れた。すると、洋平が熱を出していることが何回かあった。年じゅう熱を出す弱い子だった。

半泣きで家路を急ぎながら、一家で買い物を楽しむよその家族がうらやましかった。私は私自身の子ども時代に戻りたくなった。夕暮れに追われるようにうちに帰れば、橙色《だいだいいろ》の灯りの下に夕飯はできていて、温かな湯気をたてていた。母が「お帰り」と言い、笑いかける。その世界に帰りたかった。家路を急いでいるうちに、私は過去へ迷い込めないだろうかと願った。つらいこと、面倒なこと、悲しいことから、防波堤が守ってくれていた過去へ。

今は、夫と私が子どもの防波堤なのだ。そのことが、そのころの私には重かった。

いつからだろう。親である私の分量が、子である私の分量を超えたのは。今の私には、帰りたい場所はここにしかなく、子どもたちも、今はここを最良の場所と思ってくれている気がする。

昔、親たちはずいぶん大人に見えて、当時の親の年齢になった自分が、それに比べずいぶん子どもなのに笑ってしまう。

今、親たちはずいぶん歳《とし》をとったように見えて、今の親たちと同じ年齢になったとき、私はもっと若いのでは、と願ったりする。

先日、夫の実家に行ったら、

「この子たちがしっかりするまで、元気でいなきゃとがんばっているの」

と言われた。この子たちの立派な姿が見たくて言っているのかと思って、

「しっかりする日が来るんかいな。まあ、少しずつ成長するから、楽しみに待っていてね」

と答えた。姑は、静かに笑っていた。

あとで知ったが、その少し前、夫婦とも寝込んでいたらしい。それを、一言も私たちに言わずに我慢していたらしい。子どもに手のかかっている私たちに言えなか

ったのだろう。

一日一日、歳を重ねる日々の中で、孫たちの障害はどんなにか不安なことだろう。私は、「子」から「親」になった。それでも、「子」であることに変わりはなく、これからは「親を支える子」にならなくてはいけないのに、未《いま》だに「親に甘えている子」だ。私自身に、甘えているという意識はないけれど、親たちが、しっかり私たちを守ろうとしてくれている。

# 願い

洋平の楽しみは、「ケーキ」だった。これが、なかなかうるさい。ミキサー食しか食べられないくせに、ケーキなら結構かたまりがあっても食べられるのだが、味にはこだわる。安いケーキだと、舌の動きが鈍くなる。高級ケーキを口にすると、「やっぱ、ケーキは四百円以上のでないとな」と言いたげな顔をして、満足げに微笑《ほほえ》む。

だから、たとえ嚥下力《えんげりょく》が今より低下し、口から食べることが命取りになるときが来ても、ケーキという楽しみは取り上げまいと夫婦で決めていた。

だけど、洋平中一の春、いざ担当医から、このまま口から食べることは自殺行為である、との説明を受けると、即答で、

「口から食べることをあきらめます」

と、言っていた。

その決定を洋平がどう思っているかはわからない。けれど、「死」というものの可能性を現実として突きつけられたとき、やはりどんなかたちでもいいから、一日でも長く生きてほしいと思ってしまった。それほど、洋平の身体能力は低下し始めていた。

洋平は外出も大好きで、小学校の校外授業で外食の機会があれば、いろいろなレストランでいろいろなメニューをミキサーにかけ、食べさせてもらってきた。

小六の修学旅行では、新幹線に初めて乗って、

「あー」

と、喜びの声をあげたという。どんなに痛いときも苦しいときも声をあげない洋平が、である。

小学校の修学旅行では、食べることも楽しめたが、中学校の修学旅行では、もう食事は楽しめない。その分、担任たちが考えてくれたのは、風呂《ふろ》が楽しめる旅だ。大浴場つきのホテルにしてくれていた。

その修学旅行まであと一ヵ月というときに、施設から電話が入った。洋平が大腿《だいたい》

部《ぶ》を骨折したという。骨がずいぶんもろくなっていて、二、三人で体を動かさないと骨折することがあるのだ。

「で、修学旅行に行けるんですか」

いきなりそれかい、と思いつつ、訊《き》かずにはいられなかった。

「無理と思います」

と、園長。

「直接、話を聞きに行きます」

面談では、園長たちのほかに整形外科医も同席してくださった。

「ギプスをしたままの移動ということは、今の座位保持装置では無理になります。もっと大きなものが必要となりますし、体位移動について、学校の先生もかなり練習してもらわないといけなくなります。旅行に行くことにより、ギプスの境目部分を新たに骨折する可能性があります。それでも、それでもお母さんが行かせたいと言われるのなら、ボクとお母さんとで責任を負うというかたちで、旅行に行かせましょう」

と言ってくださった。

親の努力なんてものは、「旅行へ行かせてくれーぃ」と叫ぶくらいだ。努力したのは、親以外の人たちだ。

担任たちは、体位移動の方法の特訓を受け、施設はまるでベッドのような移動用のいすを用意してくれた。

洋平がいつも乗っているのは、座位保持装置といって、車いすを大型にしたようなものだ。それをさらに大きくしたそれは、洋平用にあつらえるのは当然間に合わず、ほかの方が使っていたものを拝借した。名前も知らないその方に、手を合わせた。お借りします……。

そうまでして行かせたいのか。たぶん、そう思われていたと思う。

ギプスつきでは、せっかくの大浴場はあきらめなければならなかった。食べる楽しみもない。それでも私は、三年前の修学旅行で新幹線を喜んだ洋平を、また旅に行かせたかった。

洋平は、旅行を楽しんだ。担任も看護師も口をそろえて、

「表情が変わったんですよ」

と、驚いていた。

洋平はプレッシャーに強く、楽しみがあると、その行事には元気に参加する。反対に、プレッシャーに弱いタイプの子どももいて、そういう子には、ぎりぎりまで楽しみを伝えないという。一言の発語もない子どもたちも、いろいろなことを理解し、それによって生じる自分の感情に向かい合っている。

この夏、県の障害者は大和《やまと》ミュージアムから花火見物の招待を受けた。せっかくの機会だから、洋平を連れて行きたかったが、呼吸の調子が悪く、ドクターストップがかかった。そのあとは心拍数が落ちて、ＣＴや心電図をとる騒ぎがあった。結局、悪いところはなく、ゆるやかに身体機能が低下してきているのだろう、ということだった。

もっと早めに予定を伝え、プレッシャーを与えていたら、元気でいてくれたかな、と後悔した。こんなふうに、医療的ケアや洋平自身の精神力で維持している体は、いったいいつまでもつのだろうか、と怖くなった。

「楽しみは、一つ失ったら一つつくればいい」と、簡単そうに親は言い、考えるのは学校だったりする。

洋平は、先生方に洋平が楽しめる授業を考えてもらい、楽しそうに学校に通っている。スケートにも連れて行ってもらったらしい。車いすで氷の上に乗って何が面白いって感じもするが、これが結構楽しいらしい。

洋平の、他人《ひと》よりは短いかもしれない人生が、ずっとずっと楽しみにおおわれていますように。

洋平が一日でも長く、元気でありますように。

# 三十年

私の古い友人は、たいてい中一のときの友人だ。それも、出席番号か背の順が近いとかで友だちになったええかげんな友人関係である。それが、気づいたら三十年続いている。一人は、家が隣同士で、幼稚園から大学まで一緒だったから四十年近いつきあいである。

その幼なじみは、子どもに全力で愛情を注ぐお母さんであるから、今は子どもたちの親離れがさびしいさびしいと言う。私は、愛情が浅いほうであるから、親離れしてくれーしてくれーと、寝ている子どもの耳元でささやいて、洗脳を試みている。

友人たちの多くは、同じころ結婚し、同じころ子どもを産んだ。独身も一人いる。そいつは、洋平の目がほとんど見えてないことがわかったとき、たくさんのクラシックのテープを送ってくれた。目がだめなら耳があるじゃないか、と言われたようで、うれしかった。このネタあたりを中心に泣かせる結婚式のスピーチを考えていたが、もう十年以上もその原稿は私の頭の中に眠っている。このところ結婚する気があるのかあやしくなってきた。メッチャいい妻、いい母になるタイプなのに。

別の友人は、うちの子どもたちの障害について、淡々としていたが、自分の身内に障害ある子どもが生まれても、やはり淡々と受け止めていた。何があっても騒いだりしない冷静さが学生時代と変わっていない。どんな運命も他人事と思わないあたたかさがあるからこそ、冷静なんだろうなと思う。

メールによってこまめに連絡はとれるようになったものの、会うことはめっきり減ってしまった。それでも、一人だけ、毎年必ず一回会う友人がいる。

その子は、山口出身で、おばあちゃんの家に下宿して、私たちと同じ中学・高校に通っていた。一度、彼女に英語の宿題を写させてもらったら、授業中先生に指されてしまい、写したとおりに答えると、

「おまえにそんな英語力があったとは！」

と、英語教師が絶句した。教師も驚く解答だったらしい。こいつにだけは、宿題

写させてもらったらやべーな、と思った。

その子は、天性の頭の良さがあって、私たちと一緒に遊んでいたのに、京都大学に現役で合格した。卒業後は司法試験にチャレンジしていた。

洋平の障害がわかったときは、山口から我が家に来てくれた。当時、とんでもない山の上の社宅に住んでいた私のところへ、ハアハア息をはずませながら、坂道を上がってくる彼女が手を振ってくれた姿が忘れられない。

そして、部屋じゅうが西日で橙色《だいだいいろ》に染まるまで、壁によりかかって、ただ横にいてくれた。

「だーいじょうぶだよ」

そう言って、洋平をだっこしてくれる彼女の横顔はきれいだった。高校生のとき、障害者のためのボランティアもしていた彼女の言葉は、素直にすとんと心に落ちた。

「いつかさあ、育児ものの本、書くのもいいかもよ。エロ本ばかり書いてないでさ」

「エ、エ、エロ本なんてだーれが書いたよ」

「ほら、授業中、よく書いてくれたじゃん」

「それは、あんたが主人公の恋愛もの書いてくれって言ったから、貴重な授業時間無駄にして書いてあげたんじゃない。しかも、エッチなシーンなんてなかったし」

「でもさ、あれ、今読んだら、かなり恥ずかしいでしょ」

「そりゃそうよ」

「まだあるのよね。私の自宅の机の中」

「はああ？　何年前のものよ」

「私が突然、若くして死んだりしたら、部屋を整理する親とか妹とかがそれに気づいて読んで、モリ（私の旧姓）ってアホよねー、とか言ってみんなで笑うに違いないわ」

あ、あのなー。

そして、そのうえ、ほんとに若くして死ぬなよ。

もう十年以上前の夏の朝、妹さんが電話の向こうで「姉が死にました」と言ったとき、世界じゅうの音が止まった気がしたよ。ねえ……まだ話したいことたくさんあるのに、どうしたらいいの。

年に一度、墓参りに行くたび、幽霊でいいから出てこい、と言っているが、霊感が弱いのか、まだ姿は見えない。でも、墓のある山に生える植物や、あたりまえに道を歩いているカニや、横切った黒い蝶《ちょう》に、彼女を感じる。そこここに彼女がいる気がする。

私たちは、出会った十二歳から三十年の年月を重ね、そして、それぞれがあまりにばらばらの現在を迎えている。そして、いつの間にか、私たちが出会ったその年齢に我が子がなっていることに驚かされる。

# お医者さん

洋平はあきれるほど病院のお世話になってきたけれど、病院への場所移動が大変なだけで、治療のときには苦労は少ない。いい子にして、どんな治療も受けてくれる。体が動かないから逃げられないというのではなく、洋平ならきっと体が動かせても、聞き分けよく治療を受けるだろうと思う。

ダイと航はよく外科へ飛び込まないといけないケガをしていたが、成長とともに落ち着いてきた。そのうえ、二人とも体はかなり丈夫なほうだ。熱も滅多に出さない。

問題は航の歯医者だった。口腔《こうくう》センターでは週三日、障害児を診てくださる。いすに体をネットで固定するから、暴れられない。ただ、そこに至るまでが大変だった。

タクシーがその方向に向かうと、途中、走っているタクシーのドアを開けて航は逃げようとする。

　着いたら着いたで、あきらめたかのようにドアをくぐるのだが、一瞬の隙《すき》をついて、逃げる逃げる。道路の真ん中、車を止めながら、ドラマのワンシーンのように走る。

「現在のところ、チャンピオンね」

　と、低学年のころ、口腔センターで言われた。センターに通う障害児の中でのチャンピオン。逃げ足の速さ、暴れ方、泣き声の大きさ、総合点でトップらしい。

　その航が、ある日、すんなりと車から降り、自分で靴をそろえて脱ぎ、ネットをかけてもらうのを待つようになった。もう、入るなり入り口の自動ドアの電源を切ったり、三人がかりでいすに押さえつけたり、しなくていいらしい。何回か通ううち、ここで何をするのか、どのくらい我慢すればいいのかわかって耐えられるようになったのだろう。

　内容を理解することで、怖さを減らすことができるのだとやっと気づいてやれた。自閉症の人を支援するためのティーチという方法があるが、それを用いて、耳鼻科に行く前、航に治療の順序と内容を説明し、終わる時間がわかるようにしてやると、なんと、治療を受けることができた。すっごーい。

そんな小四のときのこと。航の白目に小さな黒い点があり、そこを中心に充血していた。眼科に行くと、航は暴れて、

「髪の毛のような細いものがささっていますね。こんなに暴れたら、ピンセットが使えないし、無理です。総合病院に行って、全身麻酔をして取ってもらってください」

と言われた。

総合病院に行くと、昔、名医で有名だった、今はお歳《とし》を召した先生に、

「ひょっこり取れるかもしれないし、抗生剤飲みながら様子見ようや」

と言われた。

別の総合病院を紹介してくださる方がいたので、今度は担任と、これから受ける診察内容と終わる時間を説明してやってから行ったが、やはり暴れた。

「そりゃそうよね。これから何をされるのかわからない不安は解消されても、乗り

越えられる怖さじゃないよね、今回のは。私だって、目にピンセットが近づいたら怖いよ。でも……全身麻酔はいやだし、このままでもいけないし、困ったね……」

と、二人でため息をついた。

この病院でも、無理だと言われた。まだ若いが優秀そうな医師は、こんな子初めて見た、みたいな顔をしていた。

一週間待ったが、黒い点はぴくりとも動かず、おじいちゃん先生の総合病院にまた行った。

「取れんかったかいね。それじゃあ、取ろうかね。そこの台に……」

と、指さされた診察台に航が寝るわけもなく、逃げ出そうとする航を夫婦で押さえつけることができたのは、床の上だった。

航の大暴れにかけらも驚かれず、先生は躊躇《ちゅうちょ》なく、床に寝そべられた。大の大人が三人床に寝ている。看護師さんが二人、その横にしゃがむ。

数分後、

「取れた」

先生が立ち上がる。

すると、拍手が起こった。診察の順番が近づいた人たちは、待合室のベンチではなく、中のベンチで待つ。今の捕り物を見ていたのだ。航をつかまえて、押さえつけて……というところから始まっているから、結構な時間が過ぎている。その間、待たされていた人たちだ。

「うちらでも怖いわ。ようがんばった、ようがんばった」

その言葉に、夫婦で、

「ありがとうございます。ありがとうございます」

と、頭を下げた。

よく、大変な病気を乗り越えた人がテレビで「ありがとうございます、ありがとうございます」と言っているが、その気持ちが少しわかる気がした。

「よっしゃっ」と言ってくださるお医者さんと応援してくれる人がいれば、なんでもどうにか解決する気がする。

その日は、ご飯がおいしかった。

# ひとさしゆびのむこうがわ

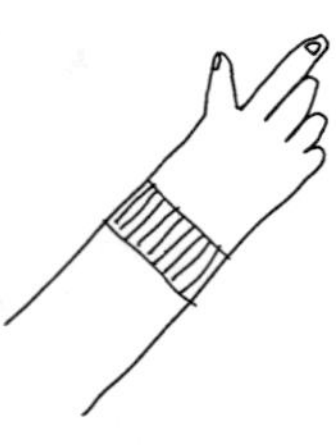

毎年十二月に、中学校区が一緒の二つの小学校と中学校の三校、プラス他校の希望者で、ロードレースが行われる。五年生は二キロ。

それを目指して、毎日、航と走ることにした。いや急には無理だ、ウォーキングにしとこ。

航と二人、夕食後、川沿いに歩き、二つの橋を渡り、ぐるりと二周で二キロ。

家庭教師のお姉ちゃんも、うちに来る日は一緒に歩く。お姉ちゃんの卒論のテーマは、「自閉症児に対する指さしと追随凝視の形成に関する事例研究」らしい。私が下手に語って、「あのー……ちょっと、違うかもー……」とか言われたらいけないから、説明はやめておく。

お姉ちゃんは、うちに来る日には学校の授業にも参加した。学校から航と二人で帰ってきて、おやつ食べて、お勉強タイム、夕食をともにして、そのあと歩くわけだ。

途中、橋の上で会社帰りの夫と出会うことがある。

「あれ、誰?」

夫を指さし、訊《き》いてみる。お姉ちゃんの指導で、航はだいぶ人が指さすものが見られるようになってきたのだ。

「おまんじゅう……」

おいおい……。最近のまんじゅうは、背広着て歩くのか。お姉ちゃんは、ヒーヒー笑っている。

「うーん。ちょっと違うな。たしかに、よくおまんじゅう買って帰ってくれるね。

『お』がつくとこまでは正解。あれ、誰だっけ? おが、つくよ。お、お、お……」

「大多和さん」

それは、お姉ちゃんの名前だってば。

「大多和さんでも、おまんじゅうでもないよ。お、お、お……」

「おじいさん」

「航……。あれは、オトウサンだよ」

「おとーさん」

「そ。おとーさん」

お姉ちゃん、笑いすぎで歩けず。


思えば、航が障害児かもしれないと疑い始めたのは、指さしの遅さからだった。同い年の子どもたちは、まだ「赤ちゃん」といわれる時代に指さしをするようになる。想《おも》いを込めて指をさし、誰かとその想いを共有する。

だけど、航のひとさしゆびはいつまで待っても何もささなかった。

指さすことのできない者の想いは、まわりがくみとってやらないといけない。その心のひとさしゆびが何をさしているのか、気づいてあげないといけない。そのむこうに、見落としてしまいそうな小さな、だけど確実な幸せがあるはずだから。

私たちは航の想いをくみとってやることに力をそそいできた。だけど、お姉ちゃんは人の視線や指さすむこうに、楽しいことが待っていることを航に教えた。そして、指先に想いを込めることも教え始めた。たとえば、おやつを指さして選ぶといった具合に。

航は、次第に要求を指先に込めるようになっていった。たとえば、花に水やりをしたくなったら、ジョウロを指さすといった具合に。


ある夜のこと。夫は出張で、航は早くから寝ていた。私は静かな夜を読書して過ごし、二時ごろ寝ようとしたら、航が起きてきた。寝た時間が早すぎたらしい。ほっといて私は寝るか……。うとうとしかけた私を、航が揺り起こした。

「な、何……」

「めなね」

「は？」

「めなね」

私がわからないでいると、航は私の目をじっと見たまま、枕元《まくらもと》のメガネケースを指さした。ああ、メガネね。……て、メガネかけろって意味？　私が、メガネかけてない顔を見る機会、この子、あまりないものね。

それにしても、すごいっ。初めて、私の目をしっかり見て、指さしして、要求を伝えられた！　記念日じゃ、こりゃ。相手の目を見ながら指さしできた記念日。あー、でも、なんでメガネなんかぃ。虹《にじ》とか花とか星とか、美しいものに感動して指さししてくれたらよかったのにぃ。それと、なんで夫のいない夜に起きてくるんかい！　交替で、寝ずの番ができんじゃん。

ぶつぶつ思いながらも、やっぱりうれしかった。

指さしで意思を伝え始め、人の視線の方向や人の指さすものに目を向ける力がつき始めると、航の言葉は増えていった。

また別のある夜のこと。航のスタイルはよくなったが、母の体型はちっともスリムにしてくれない、例のウォーキングをしていると、橋の上で私たちを待つ夫がいた。私たちの姿が見えたから、待っていてくれたらしい。

「あれ誰」

と、私が訊く前に航が、

「おとうさん」

と、はっきり言った。

その翌日は、帰宅してきた夫に、

「おとうさん」

と呼びかけ、手を引き、自分と並んで座ってテレビを見ろと要求した。

「わし、十一年間育ててきて、やっとオトウサンと呼ばれた……」

オトウサン、感動してる、うんうん。おめでとう……。うるうる。

ところで航。私、オカアサンって呼ばれたことないんですけど……。

# つらいこと

航は、とても一人歩きできる子どもではない。バックしている車の後ろで、急にしゃがみこんだり、急に走り出したりする。一人歩きさせる勇気がなくて、学校へも送り迎えしている。

航は食べ物のこだわりがひどくて、弁当を苦手とする。児童会は夏休み、一日航を預かってくれるが、お昼という問題がある。

低学年のときは、お弁当を少しは食べた。三年生のときは、あるコンビニのミニおむすび弁当なら食べたので、毎日、取り置きしておいてもらった。四年生のときは、ちらしずしと、朝揚げた（チンした、ではだめである）唐揚げなら食べた。そして、五年生からは、がんとして、給食か家のご飯しか食べないと決めてしまったようだ。

夏休み、昼は家に連れて帰ると、おいしそうに食べる。同じメニューをよそでは一口も食べない。暑い夏休み、児童会と家を親は四往復するわけである。

もちろん面倒なのだけど、よそ様が、

「大変ねー。毎日えらいわあー」

とよく言ってくださるほどには、えらいわけでもないし、そこまで大変でもない。

昔、洋平が赤ん坊のとき、入院した病室に知的障害のお子さんがいたことがあった。今にして思えば軽い障害だったと思う。でもそのとき私は、

「大変そうだなあ。洋平がああなったら、いやだなあ」

と、その親子を見ていた。結局、洋平や航はその子よりずっと重度で、私はその母をやっているのだけれど。

ある日突然、この子たちの親をやれ、と言われたら、「無理！」と即答して逃げただろう。だけど、この子たちも赤ん坊のときは、ほかの赤ん坊と同じように私たちに笑顔をくれた。一生分の親孝行を、子どもは赤ん坊のとき、笑顔で返すというけれど、たしかにこの子たちも、とびきりの愛らしさを私たちに振りまいてくれた。

そして、一日一日を積み上げて今があり、いつからどこから大変だったのか、よくわからないでいる。「大変」が一つ増しても、「強さ」も一つ増してきたから、その荷物の重さにつぶれることなくここまで来たのだろう。

私は障害のない子を育てたことがないから、ときどき普通の子の成長の速さにめまいを感じる。航がやっとできるようになった指さしを、あっという間にやってみせ、私がジェスチャーで教えることすべてを吸収していく友人や知人の子どもを見ていると、早送りのビデオを見ているような気分になる。こんなにも高速で変わっていくものが目の前にいるのに、なぜ最近の母親たちは子育てを退屈と感じるのだろう。それが不思議だったり、うらやましかったりする。

障害児の親になって十七年。もし、この子たちが普通の子どもだったら、と考えることはほとんどなくなったし、この子たちとの日々は、気に入っている。

しかし最近、世間では自閉症児の親による無理心中事件が多い。私は、航が荒れたとき、つらかったけれど、心中だなんて思いもしなかった。それは、洋平やダイとの日々で私が強くなっていたからかもしれないし、助けてくれる人たちがいたからかもしれない。

航の手を引いて歩きながら、うわんうわん泣いたこともあった。でも、愚痴を友だちにメールして、会って聞いてもらって、いつしかそれは笑い話になっていった。死を選んだ母親たちには、同じ悩みの仲間がいなかったんだろうか。それとも、いくら吐き出しても癒《い》えないくらいの大きな悩みがあったのだろうか。見知らぬ人のその痛みが、いつも棘《とげ》のように胸の深いところを傷つける。

「だぁいじょうぶだよぉ」

と、彼女たちの背中をなでてあげたい。

そして、絶対に子どもだけは殺さないで、と一緒に泣いてあげたい。

# いとこ

父は四人兄弟で、それぞれが一人っ子と結婚した。だから、私と弟、それと四人のいとこたちは、お互いこの六人グループ以外にいとこがいない。おまけに家も近かったから、兄弟のように育った。

うちの子のいとこは、まだ幼い弟の子どものほかに、夫の妹の子どもたちがいる。洋平より一つ上と、ダイと同い歳《どし》の女の子だ。

私たちの子ども時代のいとこ関係と違って、滅多に会えない。兄弟のようにはなりえない。それでも、うちの子の行動を驚きながらも、受け入れてくれるのがうれしかった。

先日、私のいとこの祖母が急に亡《な》くなり、集まった。悲しい場なのに、みんなの顔を見るとおかしかった。みんな歳をとっている。あたりまえか。

なのに、みんなで、

「変わらないねえ」

と言い合っている。歳をとったのも、昔と変わってないのも、どちらもホント。

昔、法事で集まるたびに大騒ぎが起こっていた。誰かがおならをしたと言っては、お経の最中に肩を震わせて笑っていたバチ当たりないとこたちである。それが、今はきれいな横顔を見せてお経を唱えていたり、我が子を叱《しか》る親の顔だったりする。

子どもにパールのネックレスをばらばらにされ、

「誰に似たんだろう、この子」

と言ういとこに、ほぼ全員、

「おまえだろ」

と、目で言っていた。

古い友だちとも、親戚《しんせき》とも、何年ぶりに会っても、あっという間に時はさかのぼる。

我が家は、法事の類《たぐい》にあまり出席していない。いつも子どもたちに振りまわされてきたし、私自身、それを言い訳に面倒なことから逃げていたのかもしれない。

でも、今、それを悔いている。この子たちには、将来、時をさかのぼれる存在がいないかもしれない。それは、我が家にかぎってのことではなく、核家族が多く、子どもの少ない今の時代、仕方のないことかもしれない。

この子たちの成長をともに喜んでくれる人は、たくさんいたほうがいい……んだよね、きっと。

今まで運動会や発表会の類に、おじいちゃんおばあちゃんを呼んだこともなく、盆も正月も、里帰りもせず、呉で五人水入らずで過ごしていた。それはそれで気楽だったけれど、この子たちのがんばりを身内にもアピールしていいのかな。過去の担任たちや知人たちは、図々《ずうずう》しいまでに引っぱり出す私なのに、まだ、こんなことを言っている。

「航くんの送ってくれたはがきは、額に入れて飾ってあるよ」

いとこたちが、そう言ってくれた。

「アートルネッサンス、ダイと航の絵、入選したんでしょ。見に行くから。きっと行くから」

葬儀のとき、久々に会った私の手を握り、そう言ってくれたいとこが、その数日後、大病に冒されていることがわかった。私より先に見舞いに行った弟が、泣きそうな声で電話してきた。

「あの笑うことしか知らないようなあいつが、不安そうに泣き顔見せるんで。姉ちゃん、はよ、病院行って。姉ちゃんにとって、ほとんど妹じゃろ。はよ、行って」

その、ホトンド妹は、私が会いに行ったときには、無理して笑う術《すべ》を身につけていた。よしっ。嘘《うそ》でもいいから、笑っていれば、NK細胞は減らないから体は元気になるんだ。

とりとめのない話をして、笑った。目の前には、もう三十を超えているきれいな女性になったホトンド妹がいるのに、私には、目を糸みたいに細くして、みそっ歯《ぱ》を見せて笑っていた小学生の彼女の顔がそこに重なる。

前に、いつも髪を切ってもらっている美容師さんが、

「なぜか、私の中で弟は、黄色い幼稚園バッグをななめにかけていたころで止まっているの」

という話をしていて、その直後、でっぷり太ったいい歳のおっさんが、「姉さん」とか言いながら美容院に入ってきたとき、のけぞってしまったが、私も同じだった。

ホトンド妹は、私の中で小さな小学生のまま止まっていて、すべての苦しみから守ってやらないといけないような気がするのだ。もう彼女は、りっぱな大人で妻で母で、パールのネックレスを切ったりしちゃうやんちゃな息子のために、病気と闘う強さを持っているというのに。

その数日後、地方紙に彼女が載った。外泊が許された夜、たまたま地元の毘沙門《びしゃもん》天《てん》の初寅祭《はつとらさい》で、願いのかなう福石にいたところをインタビューされたらしい。

メールで知らせると、

「やっぱ、記者を追いかけて、『昔おばあちゃんがよく〝初寅さんが終わらにゃあ春らしゅうならん〟って言っていた』と言ったのがポイント高かったのかもね」

と、掲載された幸運を分析していた。その返信メールのタイトルは「うひひ」だ。新聞に載った写真に子どもが写ってないことや、マフラーで顔が少し隠れていることをぶつぶつ言っていた。

どんなときも笑って生きる。楽しいこと見つけて、とりあえず笑う。

それが、私たちに流れている共通の血のような気がしてならない。

# クラスメート

航は、本当に交流のクラスの子どもたちが大好きみたいだ。学校だと、仲間の中にいないといけないと思っているらしい。休憩時間、一人で外に出て、同じ学年の仲間がいないと、担任のところまで泣きながら戻ってきたこともあるらしい。

一緒に遊べるわけではない。人への興味も薄い子だ。なのに、クラスの子の顔を記憶している。

道端で会って「航くーん」と声をかけてもらっても、目さえ合わさず淡々としている。声をかけて、無視されるというのは結構つらい。けれど、みんな、別に気を悪くした様子もなく、にこにこしている。航の行動に慣れている。

五年生になると、野外活動合宿がある。一泊で、キャンプファイアーや飯盒炊爨《はんごうすいさん》、わらじ作りなどをしたようだ。夜、どう寝るべきか、担任は男の子たちに相談した。

「先生は先生の部屋で寝たいけれど、航くんのことが心配だから、ここで先生も航くんやみんなといっしょに寝ようと思う。どう？」

男の子たちから返ってきた答えは、

「先生は先生の部屋で寝たら。航くんは大丈夫だよ」

その意見は採用され、しかも、寝相の悪い航が二段ベッドの上の段なんて、怖い気がしたけれど、本人が上がいいと言ってきかず、添い寝して寝かせつけてくれる子までいて、朝までぐっすり、無事上の段で眠ったらしい。

一緒に行事を過ごすたび、まわりの子の航への接し方はうまくなり、あまりにお世話になる子が多すぎて、どこからお礼状を書いたらいいのかわからなくなって、五年生になってからは書かなくなった。次々とうれしいエピソードがあり、私はその一人ひとりに心の中で頭を下げている。

子ども会に私同伴で参加し、ゲームをすることになったら、コオくんやフッくんが、

「航ちゃんルール、考えてあげてないの？」

と、六年生に言ってくれた。

クリスマス会の日は、私は所用があり、夫が航に付き添って参加した。フルーツバスケットすら知らない夫を行かせることに、大いなる不安を感じた。

「ちょこーっと顔見せて、航が帰りたがったら帰っていいからね」

「おう。五分くらいで帰るさ」

一時間後、外から電話を入れてみた。帰宅していない。携帯にも出ない。二時間後、やっとつながる。

「結局最後までいたよ。おもしろかったでー。わしらのチームは、五年生はフックん、ゆうちゃんが一緒で、あと、同じマンションの六年生さんにもかなり世話になったわ」

「どんな遊びしたの？」

「さあ。ようわからんけど、おもしろかったぜ。もしかしたら、わしのせいで負けたかも」

なんだか、クラスマッチのことをダイに訊《き》いたときと同じような会話だな、と感じるのは、私だけ？

翌日、ばったりフックんと出会った。

「昨日はありがと。ね、うちの親父《おやじ》のせいで、ゲーム負けた？」

「いや、はは、ま、え、うん」

でも、なんだか楽しそうに思い出し笑いしてくれた。


自閉症児のコミュニケーション能力を助け、高めるための方法で、ＰＥＣＳというのがある。カードを選んでつないで、文を作って要求を伝える段階が航にはまあまあできてきていた。

その協力をしたいという子どもたちが出始め、その子たちの写真に名前を書いたものを用意したら、航は「○○さん」「赤い」「紙」「ください」などと文を作り、その子のところへ持っていき、声に出して言い始めた。航が、「○○さん」などと言うと、呼ばれた子はうれしいし、要求をわかってもらえて航もうれしい。

そんなとき、担任が近況を教えてくださった。

「最近、紙を切って遊ぶのが航くんのマイブームみたいで、交流クラスのみんなに紙を要求しては切っています。その、切ったのを捨てようとしたら、ナカちゃんに叱られてしまいました。卒業する六年生を送る会で使うんだそうです。紙吹雪にすると言ってました」

「先生が子どもに叱られるんですね」

「そうなんですよー。あの子たちはすごいんですよー。航くんが、たんぽぽ学級から四階の五年生の教室まで一人で行けなくなったときは、階段の壁にカードのマッチングポイントをつくり、あがりたくなるようにしたらどうか、とか、セイちゃんが提案に来るんです。障害児学級の担任ができそうな子どもたちですよ」

本当に。

こんな子どもたちでいてくれるのは、たんぽぽ学級を常に心にとめてくださっている、交流学級の担任の先生方や保護者のおかげと思う。

私が小学生のときも、養護学級はあった。でも、その子の顔はうっすらとしか浮かんでこないし、名前も思い出せない。お母さんの顔も知らない。

航のクラスメートたちは、いつまで私たちを覚えていてくれるのだろうか。航がみんなと同じ学校でなくなっても、今のようにあどけない笑顔じゃなくなっても、返事を期待することなく、「航くーん」と、声をかけてくれるだろうか。ハイタッチを誘うように、手を差し出してくれるだろうか。

せめて、万一、障害児の親になったときは、思い出して、訪ねてきてほしい。

私にとって小学生時代が昨日だったように、この子たちも、あっという間に大人になるんだろうな。

末っ子の航の小学校生活までもが終わりに近づいていることが、どこかせつなかった。

# 縁

航が一、二年のときの担任から、

「この子に出会うために、ボクは教師になったのかもしれない」

と言われたとき、うれしかった。

そうですよ。今ごろ気がついたか（とは言わなかったけれど）。

人と人との出会いは運命だと思う。担任と子どもたちも、偶然にめぐりあったのではなく、教師をめざしたときから、その子とめぐりあうために日々を重ねていったのではないかと思う。

そして、親は心を込めて子育てをして、親子とも、やっとその教師とめぐりあうのだと思う。

その担任は、

「いつの日か、航としゃべりたい」

と、それを何より夢見て、言葉のなかなか出ない航に、文字やパソコンを教えてくださった。
三、四年の担任は、航の感性を表に出したいと、絵や書や音楽の指導に力を入れてくださった。芸術家・航の生みの母だ。
そして、五年生の担任は自閉症のプロフェッショナル。安心していたら、担任になって間もないころ、面談中に涙を流された。あのー、もしもし、私、先生、いじめましたか。

「航くん、ごめんなさい」

え？　は？　な、何？

そのころ、航はやたら泣いていて、親としてはピーピーよく泣くなあ、くらいにしか思っていなかったのだが、担任はそのことに心をいためていたらしい。自分の適切な支援が足りていないから、航が不安の中で生きているんだ。ごめんね、航くん、支援がんばるからね……という想《おも》いから泣けてしまったらしい。

が、いたらぬ母はとりあえず、男四十四歳の涙が珍しくて、笑ってしまっていた。

どうも私、悲しいときも笑ったりするが、驚いても笑うらしい。

この先生の自閉症教育のアイディアと教材づくりがすばらしく、それを教えてほしいという他校の先生も出始めた。呉の自閉症教育の充実を望む保護者の声もあって、自閉の勉強会を担任が提案した。校長先生がこころよい賛同と協力をくださり、有志の先生方が、休日うちの学校に集まって勉強会を始めることになった。ダイのお世話になった元保育所長のいる障害児施設の方や、自閉症ライフサポートセンターの先生、教育委員会の先生も協力してくださった。勉強会は盛りあがりつつある。航も安定し始め、泣かなくなった。

なんだか航には、そのときそのときに合った先生とめぐりあう運があるようだ。そしてそれは、また違う新しい風を吹かせるようにも感じる。

熱い想いのようなものがあれば、熱は熱を呼んでくる。これからも、人と人との縁は広がり続けていくだろうし、つながった縁はずっと切れないと信じている。

ロードレースの日の夕方、完走のご褒美《ほうび》にダイを近くの温泉（ビルの中にある、最近オープンしたなかなか人気の場所）に連れて行った夫が笑いながら帰ってきた。

「おい。露天風呂《ぶろ》で、誰に会ったと思う？」

知るかー。え？　担任と会った？　大笑い。

この数ヵ月。まずは、他県のサービスエリアのトイレで、担任と夫が隣同士になった。歌舞伎《かぶき》にダイと夫が行けば、後ろの席に担任がいた。みかん狩りにもいた。

「どうも、先生とわし、赤い糸で結ばれとるらしい」

夫が、真顔で言った。

# 冬

合唱コンクールが一週間後に迫ったころからだった。毎夜ダイがうなされ始めた。合唱コンクールといっても、一組、二組のどちらかが優勝で、どちらかが二位だ。それでも勝ちたいのがこの年ごろ。ダイは音痴だから、ロパクにしろと言われたらしい。

「そうしとき」

軽くそう言ってやったが、へんなところで真面目《まじめ》なダイは、それではいやだったらしい。少しでもうまくなれないかと、休憩時間など、先生をつかまえて歌を聴いてもらったりしていたらしい。

当日、笑顔も消えていた。歌い終わったあと、すぐに先生のところに行き、どうだったか聞いていたみたいだ。このアバウトな母によくこんな息子が生まれたもんだ。

結果を待つ間、ダイは頭を抱えるように座っていた。

「優勝、二年二組」

発表されると、飛び上がるようにして喜んでいた。

その日から、またやかましいダイに戻った。ひとりごとをしゃべり続けたり、くそおもしろくない話（現在は郵政民営化問題の話題がお気に入り）を語り続けたりする。静かなら静かで心配だが、うるさいと、それはそれで腹が立つ。

ダイが中学校に入る前に、中学校の文化発表会を見に行ってみてショックを受けた。小六と中一の間には、大きな河でも流れているんじゃないかというくらい差があった。中学生になると、行事もほとんど生徒が自主的に運営していた。たった一年でこうも成長するのか、と驚いた。

そんな世界にダイを放り入れた。ダイ自身はメッチャ成長した。でも、まわりの子どもとの差は、縮まらない。すぐ前に「普通の子」というニンジンがぶら下がっているのに、走っても走っても、それは少しずつ私たちの前を逃げていく。

言葉が遅いとか、落ち着きがないとか、幼いころの遅れは、追いつきやすいことだった。勉強の遅れですら、ダイは努力で追いついてきた。今、ダイは「遅れている」のではなく、どこか「人とは違っている」。

　ナンバーワンよりオンリーワンなどと歌ははやっても、あまりにオンリーワンなダイは生きていきにくい。軽度の障害の人はよく、「軽いと言わないで」と言う。知能や身体状態によって障害を重度だ軽度だと分けたところで、生きにくさは障害の程度と正比例ではない。めぐりあう困難や苦しみが軽いわけではない。

　人とは違う感覚や能力で生きていく困難さを、ダイは克服しながら歩んできた。だけど、生きていく上で本当につらいのは、「人とは違っていること」ではなく、「違うものへの風当たりの強さ」のような気がする。


　人間運に恵まれ、いつも優しさに包まれて生きてきたダイ。だけど、今、少しずつ、まわりの景色が変わってきている。

　受験へのストレスと、思春期というものが、中学生の心を追いつめる。弱い者を、鬱積《うっせき》した心のはけ口にする子も出てくるし、それをとがめる勇気を持てる子は少ない。発達障害児にとって、中学校は冬の時代だというけれど、本当にそうだ。悲しく実感している。

ある日、急に時間ができ、映画館に一人で入ったところにダイのクラスの仲のいいお母さんからメールがきた。それには、修学旅行の班が、ダイにとってかなりつらい状況であることが書いてあり、心配してくれていた。頭の中が真っ白になって、映画を観《み》ることができなくなり、すぐに帰宅し、中学に電話をかけた。

校長先生と担任の先生と面談し、そのメンバーの班で、ダイが修学旅行中、無事過ごせるのか、どう配慮しようとしているのかを訊《き》き、話し合った。

ダイ自身は、このメンバーの班でいいんだ、と決断した。だから、私もそれに従うことにした。ただ、この決断が本心なのかどうかはわからない。

自閉症の人が人の心を読めないと言われるのは、誤解があると思う。たしかに、相手の状況を理解することが下手だったり、遠まわしな言い方から相手の本心を探るということもできなかったりする。表情を読むのが苦手な人もいる。けれど、それぞれができうる能力のぎりぎりで、相手のことを思いやろうとしているのは、感じる。

ダイも、自分がその班に行くのがいいのだと、まわりへの思いやりでそう決断したのではないだろうか、とハイパー親馬鹿《ばか》な私は思う。

そして当日。なんとか二日過ぎ、最終日。

楽しみにしていたユニバーサルスタジオジャパンを、ダイは班行動ではなく、教頭先生とまわる結果になった。そして、最後の班ごとの写真撮影では、

「ガイジ。死ね。一緒に写真に写るな」

と、同じ班の男子たちに言われた。

ガイジ。障害児の略。

私は、今、誰かが願いをかなえてあげると言ったなら、彼らを障害児にしてくれ、と願うだろう。

その想いは間違っている。人をおとしめる先を「障害」にしてしまうことは、私が彼らと同じ最低な人間になってしまうことだし、障害を抱えて生きている人たちに失礼なことだ。

だけど、この悲しさをどこへぶつければいいのだろう。どうやっても、人の気持ちのわからない人たちから、どう我が子の心を守ればいいのだろう。

ダイは、お小遣いをうまく使いきれず、ほんの少ししか買い物をして帰らなかっ

た。それなのに、

「こばやし先生とスイミングと広大の先生とおじいちゃんおばあちゃんにお土産をあげたい」

と言う。むちゃ言うな。八つ橋を小分けして、ラップに包んで渡そうかなどと言っている。

ダイは、絵画教室の先生も、スイミングの先生も、広島大学で受けているソーシャルスキル訓練の先生も、みんな大好きだから、お土産をあげたいのだと言い張る。どうにか少しずつ、お土産として配ることができた。

渡すとき、ダイは必ず言うのだ。

「すんごく楽しい修学旅行でした」

と。

嘘《うそ》つけ。

修学旅行の班が決まったときも、親には言わなかったダイ。修学旅行から帰っても、親にさえも、楽しかったと言うダイ。それでいて、出来事は何も語ってくれない。ダイ自身、思春期に入っている。

航のかかりつけの精神科の先生が、

「思春期の心は、大嵐《おおあらし》状態です」

とおっしゃっていた。自分も通り過ぎてきたはずなのに、記憶がほとんどない。数年後にやってくる航の思春期について、アドバイスをもらったりしていたが、その前にダイに思春期がくることを楽観していた。

小さなときは、ダイのつらいことを理解して、包み込んでやればよかった。今、ダイは部分的には幼さを持ち合わせながらも、中学生なのだ。親と距離をおこうとしている。

ダイと一緒に広島の繁華街を歩きながら、

「親はいつまでもいないしね、友だちもいないままだったら、一人で楽しむことを身につけんさいよ。呉だと、図書館や大和ミュージアムに一人で行くのが趣味だろうけど、ちょっとした遠出とかもできるようになっていたほうがいいよ」

と言ったら、いやな顔をして早足になった。そのダイにかわいい女の子が、絵画展の案内状を渡した。

「ほらほらダイ。こんなふうな絵画展に行ったら、何回払いでもいいですよー。財テクにいいですよー。とか言ってかわいい若いお姉ちゃんが優しく絵を売りつけたりするんだけど、絶対に買わないのよ。四十万で買っても、売ろうとしたら四千円だった、ってこともあるんだからね」

「お母さん」

「なあに」

「やかましいです」

くっそー。

そして、路上でもらった消費者金融の宣伝の入ったティッシュを私に投げながら、

「高金利の借金しないよう気をつけてくださいね」

と言った。

冬の時代をがんばって乗り越えても、長い人生の間には、自分の身を守らねばならないさまざまなことにぶつかるだろう。

ダイ、どんなブリザードが吹き荒れても、凍らない熱さと、楽しみを探し出すこ

とを忘れない強さを持ち続けようね。
「馬鹿は風邪をひかない」というから、どんな寒さも私たち一家は大丈夫だ。

# 幸せのかたち

私は夕暮れが怖い。
冬は、もう五時くらいから夕闇《ゆうやみ》が迫る。あっさり、真っ暗になってくれればそんなに怖いとも思わないのだが、藍色《あいいろ》の空気の時間がとても不安になる。きれいだった橙色《だいだいいろ》や桃色の光が消えかけ、電柱や電線が影絵のように見える時間。「逢《お》う魔《ま》が刻《とき》」とは、昔の人はうまいことを言ったもんだ。どこか違う世界との接点のある時間のような気がして、私はこの時間帯が怖い。魔がどこかに隠れていそうな空気に不安になる。私が別のものになってしまいそうで悲しくなる。
お昼の番組で、九月十六日生まれの私（乙女座よ、ちょっと！　ぴったりよね、私に）の性格は、「かなり前向き。ただし夢見がち」と出た。もしかして、かなり当たっている？　で、こういうわけわからない不安も「夢見がち」の一部に含まれる？

こんな私は、子どもたちに守られている。

私は毎日、児童会に子どもの迎えに行かねばならない、大変でちょっとかわいそうなお母さんだ。夕方の、主婦は忙しい時間に、航の手を握って家へと歩く。一人では危険な航の手を私はしっかり握って守って歩く。

でも実は、航が私の手を握り、支えてくれている。

航と一緒だから、海にのっかっている空が闇になる前の一瞬の紫色も、きれいだねって見られる。一番星や、まだ白い月を指さして、

「ほし。つき」

と、教えることもできる。

玄関のドアを開けて入るなり、わけわからんダイのおしゃべり攻撃にあい、

「えーいっ。うるさいうるさい。どけどけ」

と、狭い廊下で蹴《け》りを入れたり、

「ただいまー」

と、洋平の頬をさすりながら、

「男の子に、こんな画用紙みたいな白い肌はいりません。母さんと交換しなさい」とか言ったり、そんなことをしているうちに、私の不安な時間がほんのり暖かくなって、怖くなくなって、私は一層、幸せだと感じるのだ。

洋平で命の尊さを知って、ダイで懸命に生きる大切さを知って、航で小さな成長の一つ一つのきらめきに感動するのが、本筋の親ってもんだろうけど、私はもっと、このささやかな日常に、障害児の親になった価値を感じている。


幸せは、いろんなかたちをしている。

ときどき人は、失うまでそれがそばにあったことに気がつかなかったりする。

だけど、私は知っている。私の幸せのかたちが見えている。

だから、それがずうーっと永遠でありますように、と祈りを込めて、子どもたちの手をぎゅうっと握る。


明日も、きっといい天気。

明日も、ずっと幸せ。

# エピローグ

私は毎日楽しくて幸せで、親に言わせると、それは私が「明日のことを考えてないアホな性格」ゆえで、それは少し当たっているかも、と思う。「人間運がいいだけなんじゃないの」と知人に言われたことがある。これも当たっているかも、と思う。

エピソードをはさみながらエッセイを書いていると、紹介できなかったすてきな人たちがいっぱいいる。

たとえば……。洋平の様子を細かに知らせてくれ、洋平が学校を楽しむことに心血を注いでくださっている先生方。洋平のもうひとつの家である園のスタッフたち。家庭教師のお姉ちゃんから航の報告を聞くたび、テーブルをたたきながら愉快そうに笑ってくれる広島大学の先生。障害児の母たちに羊毛を使った作品づくりを教えてくださっているアートセラピーの先生。ダイが通う絵画教室やスイミングやYWCAは、彼にとってやすらぎの場である。

発達障害児の親の会の中に、広島国際大学のボランティアさんと遊ぶ会があるのだが、ダイはそこで、ふだん誰も本気で聞いてくれないような、例のおもしろくない話をせっせとする。夕暮れの海岸で、お気に入りの国際大のお兄さんと仲良く歩く様は、ダイが長身のために、あやしいカップルに見えないこともなく、親たちはこっそり体を二つ折りにして笑う。

学校や家と足並みをそろえた自閉症児支援を行ってくださる児童会。航は学校では靴下を脱がず、家では履かない。児童会では、着くなり脱ぐ。家のようにくつろげるのだろう。航が大きな絵を描いて楽しめるよう、駅や店でいらないポスターを集めてくださったこともある。夕方、航を迎えに行ったとき、児童会の先生たちに笑顔で迎えられると、ほっと疲れがとれる。

たんぽぽ学級の担任たち、交流学級担任はもちろん、学校じゅうが温かい。子どもたちの名前はビミョーに仮名にしたけれど、まだまだ紹介できなかった名前がたくさんある。最初に航に手を差しのべてくれた子。道で会うと、優しい目でただ航を見つめてくれる子。年ごろになって、そんな視線で女の子を見つめてみなさい。相手はすぐにほれちゃうよ。おばちゃんでも、クラッときかけた。

交流のクラスメートたちが航に優しいのは、航の奇異に見える行動のひとつひとつにも理由や想《おも》いがあることを、先生方が丁寧に説明してこられた結果だと思う。ただ「優しくしましょう」と教えられるより、相手を理解することのほうが、本当の優しさにつながる気がする。

「ゆうゆう」や障害仲間のエピソードが、いつの日か本人の許可を得て、紹介できたら楽しいだろうな。生ミンチ肉三百グラムを、親の隙《すき》をついて完食してしまった子や、安全カミソリでいろんな毛を剃《そ》ってしまった子。金魚をはじめとするいろんなものをトイレに流してしまう子。私たちは、くりかえし、それらを笑いのネタにする。笑いながらも、子どもたちが、どんな勘違いをして、事件を起こしてしまったか想像すると、なんだか抱きしめたいほどに愛《いと》おしいし、次は気をつけてやろうと思える。

私はこんなにのん気に笑っているが、その昔、今より福祉や療育が遅れていたころ、障害児を育ててこられた先輩方は本当に大変だったと思うし、尊敬する。今だって、障害者をとりまく状況は厳しくなってきていて、行政に私たちの想いをわかってもらうため、一生懸命活動している障害者や親たちがたくさんいるというのに、私は「楽しい」を連発している場合かいな、と反省もしている。

けれど、まずは、私は私にできることをしよう。私の日々を紹介することで、いつも幸せを感じて生きていく仲間が増えたら、と思う。

ダイは航のことを、

「どうしてこんなに手がかかるんだー」

と、自分のことを棚にあげて言っているし、航は入浴中、ダイが入ってくると、いやな顔をして急いで出るし、洋平に会いに行けば、二人とも、

「早く帰ろうよ」

と言う。

それなのに、知らない場所に行くと、ダイと航は小さくなって手を握り合っていたりするし、洋平が帰ってくると、同じ布団《ふとん》に二人がもぐり込んでいたりする。

家族のかたちも、兄弟のかたちも、そして子どもたちの状況も、それぞれがみな違う。他人と比べるものではないし、優劣があるわけでもないと思う。幸せは必死

に探し出すものではなく、もう目の前にあることに気づくことなのだと実感している。

（呉の二百階段）

# 文庫版あとがき

人は慣れる生き物らしい。初めて自分の本が書店に並んだ時は、しばらくの間、書店のあるショッピングセンターに入ることさえできなかったというのに、今では店頭で自分の本をながめることができるようになった。

それでも、友人が

「この本売れていますか？」

などと店員に訊《き》こうとしたら口をふさいで書店から引きずりだしてしまうし、本を買おうかと迷っている人を見かけた友人が、

「買って後悔しませんよ。おすすめ。なんならサイン書かせますよ」

などと話しかけたりなんかしたら、パンチをお見舞いしてしまう。

私は、自分の心の分身をそっとながめるのが精一杯。

幼い頃、文字が書けるようになった瞬間から手紙を書きまくり、以後、おそろしい量の手紙を書き続けた。先日久しぶりにあった友人が、

「大学時代、県外にでてホームシックにかかったとき、モリ（私の旧姓）の手紙にどれだけ励まされたかしれない。だけどね、毎回なにかしら小細工がしてあるのには、まいった。便箋《びんせん》がジグソーパズルのように小さく切ってあった時にはめまいがした」

と言っていた。私は昔から私だったようだ。

大人になったら文章を書く仕事につきたいと思っていたけれど、普通の会社員になって、普通の主婦になって、そして障害児三人の母になった。その間、あいかわらず、山のような手紙、あきれるほどのロングメールを友人知人に送り続けていた。そして、この子たちとの日々を重ねるうちに、私はうーんとたくさんの見知らぬ人たちに手紙を書きたいと思うようになっていったのだ。

毎日事件が満載であっという間に時間が過ぎてゆく。時に悲しさだけではなく、悔しさやさびしさやなさけなさで、涙が流れたりする。それでも一日を終えるとな

にかしら小さな光るものが掌《てのひら》に残っている。真珠のように優しいまあるいものが。

　それを多くの人へのメッセージとして発信してみることにした。そのうちの一つ、「母から子への手紙」を読んだ芥川《あくたがわ》賞作家の玄侑《げんゆう》宗久先生が、「長いのを書いてみたら」とアドバイスを下さった。

　そっか。ひっそりとした小さな真珠もつなげればネックレスになる。それが「さん さん さん さん」だった。

　入選作品以外は自費出版を中心とした出版社のコンクールに応募した。「さん さん さん」は大賞になり、初版二万五千部に決定した。応募は全部門合わせると五千作品。その頂点になったことは喜びより前に驚きだった。

　二〇〇六年六月。あっというまに本になって、呉《くれ》市内の書店ではノンフィクションの売上一位が続いた。そして、その順位が落ちた頃、その出版社が倒産した。『さん さん さん』は書店から姿を消した。

『さん さん さん』の出版から四年後の二〇一〇年夏。『洋平へ』を出版した。十九年前、手紙が縁でつながった編集者さんがいる出版社からだった。

『さん さん さん』が存在しない状態で出版することにしたのだから続編というか

たちでは書けない。それでいて、『さん さん さん』の進化版という形にもしたくなかった。まるきり違うものにしたかった。それはいつの日かきっと『さん さん さん』をよみがえらせたいと願っていたからだ。

その願いがかなうことになった。『洋平へ』を出版して数週間後。新潮社さんから連絡が入った。『さん さん さん』を文庫化することが決定した。

『さん さん さん』を読み返すと、とてもなつかしい気分になる。これを出版した時、航は小学生で、私より身長も低かった。それが今では百七十八センチだ。特別支援学校の高等部の一年生になった。行動もずいぶん落ち着いてきたし、あんなに苦手だった外食も少しはできるようになった。もう石は食わないし、高いところを歩いたりもしない。見上げるほど大きくなっても私はこの子を守らねばなどと思ってしまうのに、航は私が持ち上げられない重い荷物をひょいと持ってくれたりする。

中学生だったダイは、私立高校の普通科を卒業して、一般企業に福祉就労した。高校では数IIIまで勉強したし、興味あることとの記憶力はおみごとだけど、障害がなくなったわけではない。障害があるということは、平均的な人より劣っているという意味ではないと思う。「遅れ」というより「違い」。それは今の世の中では生きにくいハンディだろうけど、ダイは毎日元気に働いている。自分が働いたお金で、週に一度一人でちょっと豪華なランチにでかけたり、カープやサンフレッチェの試合観戦を楽しんだり、温泉に行ったりしている。

成人するのは無理かもと、悲しい覚悟をしたこともある洋平はちゃんと二十歳になれた。そして永遠に二十歳のままだ。満面の笑顔で迎えた成人式の一週間後に死んでしまった。

四年前の私は、これから起こるこんなことをなんにも知らず、ただ、現在にむきあって元気いっぱい書いている。

今の私は、四年間でほんの少しにせよ成長をしているはずだ。だけど、『さん　さん　さん』にこめた想《おも》いは変わることはない。

本に書いていることは、我が家の出来事だ。でもこれは手記のつもりではない。「手紙」なのだ。あなたへの。

我が家の状況を話すことで楽になる人がいれば……という想いももちろんある。だけど、出来事だけを話したいのではなく、その結果手にした真珠をあなたに伝えたい。その想いがあるから、我が子の死という人生で一番悲しい日を迎えても足を止めなかった。その日にも、掌《てのひら》に真珠は残ったのだから。

私たち家族が歩む道を迷った時、いつもなにかしら心を決めさせる出来事が起こる。それを私たちは「風」と呼んでいる。行くべき方向への後押しをする風だ。『さん さん さん』の文庫化を新潮社さんにお願いする時もそうだった。編集者のKさんと初めてお話しした時、その風を感じたのだ。

私は、人との出会いは運命だと思っている。運命と言っても、「人間の意志を超越しておこること」というほどの硬いものではなく、もっと優しい縁のようなもの。

そして、一冊の本の誕生にもそういう縁がいっぱい集まっているのだと思う。私がずっと好きだった「手紙を書く」ということ。それが長い年月を経て、本へとつながった。編集者さんは、きっとずっと「文章」が好きで、その道を歩んできて、その本につながった。お会いしたことはないけれど、きっとずっと「デザイン」が好きだった人が、この本の装丁として本につながった。本の誕生はたくさんの縁の集まりなのだと思う。

そして、この本を読んでくださったあなたと私たちも縁で結ばれているのだと思う。一生言葉を交わすこともなく、姿を見ることもないかもしれないけど、会っているのだ、私たちは。

人間は慣れる生き物らしい。けれど、一生慣れないこともある。私は多分一生、自分の本を書店で見るドキドキを感じ続けるだろう。それは初めての人に会う前のドキドキに似ている。あなたに会うことにドキドキしているのだと思う。

あとがきを読んで、本を買うかどうか決める人もいるらしい。今、レジにむかうあなたに、頭をさげている涙目の電信柱がいたらそれは私かも。

この本に出会ってくださってありがとう。

二〇一〇年一〇月

佐々木志穂美

# 解説

池上彰

これは成長の物語です。子どもの、そして障害を持って生まれた子どもの親の。

神様は、その子にふさわしい親を選んで授けてくださるという言葉があります。佐々木家の三人の子どもたちは、まさにふさわしい親の元に生まれてきました。

長男は医師に「左脳がほとんどない状態です」と言われ、次男は高機能自閉症、三男は知的障害を伴う自閉症と診断されます。

生まれてきた三人の男の子が、いずれも違った種類の障害児という現実に、母親は、ときに呆然《ぼうぜん》とし、ときに川に飛び込みたくなり、ときに我が子の成長に涙する。これは、そんな母子の、子育て奮闘記です。

佐々木さんは、高校時代、重度障害児の教育に取り組んでいる福井達雨氏の講演会で、次の言葉に出合います。

「あなたたちのうち、確実に何人かは障害児の母になる。クラスに一人はなる」と。

これは衝撃的な言葉でした。確率からいえば、その通りなのでしょう。障害児が生まれることは、特別なことではなく、誰にでも可能性のあることだからです。

佐々木さんは、出産のときに、この言葉を思い出します。

「クラスで一人の確率なら、どんくさい自分がその貧乏くじを引くだろうな」と。

とはいえ、最初の子どもの左脳がほとんどないと言われたときの衝撃を、彼女はこう記します。

「医師が来て結果を言うシーンを、私はまるで第三者のように窓の外からの映像で記憶している。医師が何か言い、私たちが頭を下げる。医師が立ち去る。私は支えられないと歩けなくなり、吐く。音声はない。ただ、字幕スーパーのように、記憶に医師の言葉が文字となってあらわれる」

後になってとはいえ、自分をこのように客観的に見つめることができる佐々木さんだからこそ、この本を書くことができたのでしょう。

生まれてきた我が子の脳に障害があるらしいとわかったとき、佐々木さんは、川に飛び込もうと考えてしまいます。

ところが、「数年後、その川を見たら、ただの溝だった。ここで死のうと思ったら、かなりの努力を要する。これが川に見えるって、どういう目じゃ、どういう精神状態じゃ。笑える」と、自分を笑い飛ばす。このユーモア精神。この精神が佐々木さんを支えてきたのでしょうし、我が子に育てられて、佐々木さんは、ここまでの精神を獲得できたのでしょう。

この本は、佐々木さんが、こうして自分を笑い飛ばすことができるまでの成長の記録でもあるのです。

佐々木さんが子育てをしてきた広島県呉市は、かつて私が三年間過ごした町でもあります。海に面した坂の町。海上保安官の奮闘ぶりを描いた映画「海猿」の舞台ともなりました。保安官たちが訓練で駆け登る険しい階段は、ある中学校への近道の階段です。佐々木さんの次男が通った学校が、ここでした。佐々木さんは、次男の入学式の日、うっかりハイヒールでこの階段を登り、「きついなんてもんじゃなかった」という体験をします。

この階段は、私もカメラをかついで登ったことがあります。心臓破りの丘ならぬ階段でした。佐々木さんの子育ては、まるで、毎日この階段を上り下りするようなものだったのでしょうか。

この階段は、登るときには目の前に石しかなく、ただひたすら辛《つら》いだけなのですが、途中で立ち止まって後ろを振り返ると、美しい瀬戸内の海が見渡せます。佐々木さんにとっての子育ても、きっとこれと同じだったはずです。

呉は瀬戸内に面した大都会とはいえ、地域の連帯や支え合いが、まだ存在しています。佐々木さんは、そんな地域の人たちや、子育てを通じて知り合った人たちに支えられながら、三人の子どもたちと向き合っていきます。

そして、彼女を支える夫。三人の孫たちの現実を受け止めようとする、それぞれの両親たち。彼らもまた、三人と共に成長できたのでしょう。保守的な土地柄の地域で、子どもたちのことを包み隠さずオープンに子育てをしていく佐々木さん。それが地域の支援につながる一方で、親類には戸惑いもあったことでしょう。それでも佐々木さん一家を支える。この本の背後には、そんな親類たちの思いやりも見え隠れします。

それにしても、彼女は、どうやって辛い現実を笑い飛ばしながら成長してくることができたのか。それは、書くことでした。子どもたちのことを文章に記していったのです。福島県の猪苗代で実施されている「母から子への手紙」コンテストに応募した作品は、大賞を受賞します。このとき審査委員長の玄侑《げんゆう》宗久氏から、「この人は、書くことで、強く生きている」と評されます。

玄侑氏から「長いのを書いてみたら」と勧められ、この『さん　さん　さん』が誕生しました。いったんは、ある出版社から本になりますが、その出版社が倒産。どこまで試練が続くのかと思ってしまいますが、力のある人は、いつしか認められるもの。こうして新潮文庫になりました。

この本を読むと、誰もが力を与えられます。佐々木さんは、障害のある自分の子に比べて、普通の子の成長の速さにめまいを感じるそうです。まるで早送りのビデオを見ているような気分だそうです。

「こんなにも高速で変わっていくものが目の前にいるのに、なぜ最近の母親たちは子育てを退屈と感じるのだろう」

子育てに悩む母親に、これがどれだけ力強く響くことか。

たまたま入ったハンバーガーショップで、佐々木さんは、子育て中に公園でよく会った人が働いているのを目撃します。以前はちょっとがさつだった女性が、優雅にお釣りを渡してくれる仕草に、佐々木さんは衝撃を受け、こう決意します。

「ハンバーガーショップの友人の優しい手の動きが私の心を打ったように、私も誰かの心に響く働きをしよう」と。

佐々木さん、あなたは、この本を書いたことで、それをなさったのですよ。

（二〇一〇年十一月、ジャーナリスト）

この作品は二〇〇六年六月新風舎より刊行された。

**ニュースの読み方使い方**　池上彰著

〝難解に思われがちなニュースを、できるだけやさしく噛み砕く〟をモットーに、著者がこれまで培った情報整理のコツを大公開！

**記者になりたい！**　池上彰著

地方記者を振り出しに、数々の事件を取材し、人気キャスターに。生涯一記者として情熱を燃やし続ける。将来報道を目指す人必読の書。

**世界から感謝の手紙が届く会社**
—中村ブレイスの挑戦—　千葉望著

乳房を失った人に人工乳房で新しい人生を——義肢装具メーカー・中村ブレイスの製品は、作る人も使う人も幸せにする。

**100文字レシピ**　川津幸子著

簡単料理へのこだわりから生まれた、たった100文字のレシピ集。和洋中にデザートも網羅。ラクにできて美味いという本格料理の決定版。

**100文字レシピ おかわり。**　川津幸子著

簡単、ヘルシー、しかも美味しいお料理を、たった100文字でご紹介。毎日のごはんやおもてなしにも大活躍の優秀レシピ、第二弾。

**100文字レシピ ごちそうさま！**　川津幸子著

おいしくて健康的、しかも安上がりな家ごはんは、いいことづくし。和洋中からエスニックまで、手軽で美味な便利レシピ全116品。

玄侑宗久著　アブラクサスの祭

精神を病みロックに没入する僧が、ライブの音と光の爆発のなかで感じた恍惚と安らぎ、心のひそやかな成長を描く芥川賞受賞第一作。

玄侑宗久著　アミターバ——無量光明

がんに侵された老女が、そのとき見たものは……。現役僧侶の芥川賞作家が「死の体験」を圧倒的な迫力で描き出す、究極の救いの物語。

玄侑宗久著　リーラ——神の庭の遊戯

二十三歳で自らの命を絶った飛鳥。周囲の六人が語る彼女の姿とそれぞれの心の闇。逝った者と残された者の魂の救済を描く長編小説。

今森光彦著　里山の少年

琵琶湖をのぞむ美しい町を「里山」と名付けた写真家が、少年の眼差しで人と自然の交わりを描くエッセイ。四季の写真も多数収録。

島村菜津著　スローフードな日本！

日本の食はまだまだ大丈夫！　日本全国、食の生みの親たちを追いかけ、その取り組みを徹底調査。おいしい未来に元気が湧きます。

多田富雄著　生命の木の下で

ある時は人類の起源に想いを馳せ、ある時は日本の行く先を憂える。新作能の作者で、世界的免疫学者である著者が綴る珠玉の随筆集。

松田公太著

**すべては一杯のコーヒーから**

金なし、コネなし、普通のサラリーマンだった男が、タリーズコーヒージャパンの起業を成し遂げるまでの夢と情熱の物語。

井上ひさし著

**父と暮せば**

愛する者を原爆で失い、一人生き残った負い目で恋に対してかたくなな娘、彼女を励ます父。絶望を乗り越えて再生に向かう魂の物語。

岩合光昭
岩合日出子著

**海《カイ》ちゃん**
—ある猫の物語—

とびきりの美人で近所の雄ネコたちの人気者、岩合家の長女ネコ海ちゃんのステキな一生。著名な動物写真家一家の愛情溢れる写真集。

岩合光昭
岩合日出子著

**ニッポンの犬**

かわいい、りりしい、たのもしいニッポンの犬たち。今は少し貴重になったヒトとイヌの暮らし方を、愛らしさいっぱいの写真で紹介。

岩合光昭著

**ニッポンの猫**

谷中の墓地、東大寺の二月堂、ニッポンの猫は古い町によく似合います。何回見ても見飽きないその〈かわいい〉を、たっぷりどうぞ。

岩中祥史著

**出身県でわかる人の性格**
—県民性の研究—

日本に日本人はいない。ただ、県民がいるだけだ。各種の資料統計に独自の見聞と少々の偏見を交えて分析した面白県別雑学の決定版。

## 新潮文庫最新刊

谷村志穂著
**雪になる**
抱きしめてほしい。この街は、寒すぎるから――。『海猫』『余命』で絶賛を浴びた著者が描く、切なくて甘美な六色の恋愛模様。

平野啓一郎著
**日蝕・一月物語**
芥川賞受賞
崩れゆく中世世界を貫く異界の光。著者23歳の衝撃処女作と、青年詩人と運命の女の聖悲劇。文学の新時代を拓いた2編を一冊に！

中村文則著
**遮光**
野間文芸新人賞受賞
黒ビニールに包まれた謎の瓶。私は「恋人」と片時も離れたくはなかった。純愛か、狂気か？　芥川賞・大江賞受賞作家の衝撃の物語。

長野まゆみ著
**カルトローレ**
空から沈んだ《船》で発見された、謎の航海日誌「カルトローレ」と漂泊する旅人たち。豊かな想像力で構築する壮大で数奇な物語。

原　武史著
**「鉄学」概論**
―車窓から眺める日本近現代史―
天皇のお召列車による行幸、私鉄沿線に生れた団地群、政治運動の場になった駅という空間――鉄道を通して時代を眺めた全八章。

松本健一著
**畏るべき昭和天皇**
北一輝との関係、「あっ、そう」に込められた意味、三島由紀夫への思いなど。ベールに包まれた天皇の素顔が明かされる。

## 新潮文庫最新刊

関　裕二著
**呪う天皇の暗号**
古代から、為政者たちが恐れていた呪いと祟り。正史に隠された、その存在を解き明かし、既存の歴史を刷新する。スリリングな論考。

熊谷　徹著
**あっぱれ技術大国ドイツ**
ドイツの産業はなぜ優秀？　発明家を多数生み出した国民性や中規模企業が支える経済の現状を、在独20年の著者がつぶさにレポート。

水木悦子著
**お父ちゃんのゲゲゲな毎日**
上機嫌だと白目をむき、寝ている人を起こすと激怒。水木家次女による、父しげるの爆笑エッセイ。こんなお父ちゃん、面白すぎる！

佐々木志穂美著
**さん　さん　さん**
―障害児3人 子育て奮闘記―
授かった3人の息子はみな障害児。事件の連続のような日常から、ユーモラスな筆致で珠玉の瞬間を掬い上げた5人家族の成長の記録。

田村明子著
**氷上の光と影**
―知られざるフィギュアスケート―
美しき氷上の舞――観衆を魅了する舞台の裏で繰り広げられる闘いのドラマを描く、本邦初のフィギュアスケート・ノンフィクション。

J・アーチャー
戸田裕之訳
**遥かなる未踏峰**
（上・下）
いまも多くの謎に包まれた悲劇の登山家マロリーの最期。エヴェレスト登頂は成功したのか？　稀代の英雄の生涯、冒険小説の傑作。

# さんさんさん

## 障害児3人 子育て奮闘記

新潮文庫 さ-72-1

平成二十三年一月一日発行

著者 佐《さ》々《さ》木《き》志《し》穂《ほ》美《み》

発行者 佐藤隆信

発行所 株式会社新潮社

郵便番号 一六二―八七一一
東京都新宿区矢来町七一
電話 編集部(〇三)三二六六―五四四〇
読者係(〇三)三二六六―五一一一
http://www.shinchosha.co.jp

価格はカバーに表示してあります。

乱丁・落丁本は、ご面倒ですが小社読者係宛ご送付ください。送料小社負担にてお取替えいたします。

印刷・東洋印刷株式会社　製本・株式会社大進堂



ISBN978-4-10-134385-3 C0195